U0128836

世纪英才高等职业教育课改系列规划教材（机电类）

钳工技能实训

（第2版）

王德洪　编　著

邱文萍　主　审

人民邮电出版社

北　京

图书在版编目（CIP）数据

钳工技能实训 / 王德洪编著. -- 2版. -- 北京：人民邮电出版社，2010.7
（世纪英才高等职业教育课改系列规划教材. 机电类）
ISBN 978-7-115-22700-3

Ⅰ.①钳… Ⅱ.①王… Ⅲ.①钳工－高等学校：技术学校－教材 Ⅳ.①TG9

中国版本图书馆CIP数据核字(2010)第060505号

内 容 提 要

本书以钳工操作过程为主线，以图表为主要编写形式，大量采用立体实物图，实例剖析；文字简明扼要，便于教学和实训；主要实训内容有钳工量具的使用、工件划线、工件锯削、工件錾削、工件锉削、钻孔、扩孔、铰孔、攻螺纹、套螺纹、工件刮削、工件铆接、连接件的装配、轴承的装配、压缩机的装配及车床主轴箱的装配等。

本书可作为高职高专机电一体化、机械制造及自动化、数控技术、模具制造、机电设备维修与管理、汽车维修和制造、机车车辆、高速动车组检修技术等专业的钳工实训教材，也可供其他职业学校相关专业及钳工上岗培训使用。

世纪英才高等职业教育课改系列规划教材（机电类）

钳工技能实训（第2版）

◆ 编　著　王德洪
　　主　审　邱文萍
　　责任编辑　丁金炎
　　执行编辑　郑奎国

◆ 人民邮电出版社出版发行　　北京市崇文区夕照寺街 14 号
　　邮编　100061　电子函件　315@ptpress.com.cn
　　网址　http://www.ptpress.com.cn
　　三河市潮河印业有限公司印刷

◆ 开本：787×1092　1/16
　　印张：9
　　字数：206 千字　　　　　　　2010 年 7 月第 2 版
　　印数：14 501 – 18 000 册　　2010 年 7 月河北第 1 次印刷

ISBN 978-7-115-22700-3

定价：18.00 元

读者服务热线：**(010)67129264**　印装质量热线：**(010)67129223**
反盗版热线：**(010)67171154**

钳工技能是机电一体化、机械制造及自动化、数控技术、模具制造、机电设备维修与管理、汽车维修和制造、机车车辆及高速动车组检修技术等专业学生必须掌握的技能。

本书以钳工操作过程为主线，以图表为主要编写形式，大量采用立体实物图，实例剖析；文字简明扼要，便于教学和实训。本书共有 13 个钳工实训项目，任课教师可根据具体情况安排教学的顺序和课时数。教学建议学时参见下表。

序　号	实训名称	建议学时	序　号	实训名称	建议学时
	开篇导学	0.5	实训项目七	攻螺纹和套螺纹	4
实训项目一	钳工量具的使用	1.5	实训项目八	工件刮削	4
实训项目二	工件划线	4	实训项目九	工件铆接	2
实训项目三	工件锯削	4	实训项目十	连接件的装配	4
实训项目四	工件錾削	4	实训项目十一	轴承的装配	6
实训项目五	工件锉削	16	实训项目十二	压缩机的装配	12
实训项目六	钻孔、扩孔和铰孔	8	实训项目十三	车床主轴箱的装配	12
小　　计		38	小　　计		44
总　　计			82		

本书由武汉铁路职业技术学院王德洪老师编著，邱文萍老师主审；在编写过程中，得到了杨承毅老师的大力帮助，在此一并表示衷心感谢。

限于编者水平，书中难免存在不妥之处，敬请读者和专家指正。

编　者

Contents 目 录

开 篇 导 学

　　钳工是使用各种手工工具和一些简单的机动工具或机电设备（如钻床、砂轮机等）完成目前采用机械加工方法不太适宜或还不能完成的工作，主要任务是对产品进行零件加工、装配和机电设备的维护和修理。

　　各种机电设备都是由许多不同的零件通过装配组合而成的，组成机电设备的各零件加工完成后，需要由钳工进行装配。在装配过程中，一些零件往往还需进行钻孔、攻丝、配键等补充加工，然后才能进行装配；甚至有些精度不高的零件，须经过钳工的仔细修配，进而达到较高的精度。另外，机电设备使用一段时间以后，也会出现各种故障，要消除这些故障，也必须由钳工进行修理。精密的量具、样板、模具等的制造也离不开钳工。

　　钳工大多是用手工方法并经常要在台虎钳上进行操作的工种。现代钳工的专业化分工越来越细，专业性的钳工应运而生，普遍认为可分为普通钳工、装配钳工、检修钳工（机修钳工）、划线钳工及模具钳工等。

　　钳工必须掌握测量、划线、锯削、錾削、锉削、钻孔、扩孔、锪孔、铰孔、攻丝、套丝、刮削、铆接、拆装和修理等方面的技能。

一、钳工测量技能

　　钳工测量是用各种量具测量、检验工件的形状、尺寸及表面质量。它是钳工最基本的操作技能之一。

二、划线技能

　　划线是根据需要加工工件图样的要求，在毛坯或半成品表面上准确地划出加工界线的一种钳工操作技能。划线的作用是给加工操作以明确的标志和依据，便于工件在加工时找正和定位，便于检查毛坯或半成品尺寸；并通过画线借料补救不足，合理分配加工余量。划线分为平面划线和立体划线两种。

三、锯削技能

　　锯削是利用手锯对较小的材料或工件进行切断或切槽等的加工方法。它具有方便、简单和灵活的特点，在单件小批生产、临时工地生产以及切割异形工件、开槽、修整等情况下应用较广。

四、錾削技能

　　錾削是用手锤打击錾子对工件进行切削加工的一种方法。它主要用于不便于机械加工的情况，如清除毛坯件表面多余的金属、分割材料、錾油槽等，有时也用于较小平面的粗加工。

五、锉削技能

　　锉削是用锉刀对工件进行切削加工的方法。锉削加工简便，工作范围广，可对工件上的平面、曲面、内外圆弧、沟槽以及其他复杂表面进行加工。锉削的最高精度可达 IT7-IT8，

表面粗糙度 Ra 可达 1.6~0.8μm，可用于成形样板、模具型腔以及部件和机器装配时的工件修整，是钳工主要操作方法之一。

六、钻孔、扩孔、锪孔和铰孔技能

钻孔是用钻头在工件上加工出孔的粗加工孔方法。钻孔加工精度一般在 IT10 级以下，表面粗糙度 Ra 为 12.5μm 左右。广泛用于各类工件孔的加工。

扩孔是用扩孔钻或麻花钻对已加工出的孔（铸出、锻出或钻出的孔）进行扩大加工的一种方法，它可以校正孔的轴线偏差，并使其获得正确的几何形状和较小的表面粗糙度，其加工精度一般为 IT9~IT10 级，表面粗糙度可达 Ra 为 3.2~6.3μm。扩孔的加工余量一般为 0.2~4mm。

锪孔是用锪钻或改制的钻头将孔口表面加工成一定形状的孔和平面的加工方法。

铰孔是用铰刀从已经粗加工的孔壁上切除微量金属层，对孔进行精加工，以提高孔的尺寸精度和表面质量的加工方法。铰孔是应用较普遍的孔的精加工方法之一，其加工精度可达 IT9~IT7 级，表面粗糙度可达 Ra 0.8~3.2μm。

七、攻螺纹和套螺纹技能

攻螺纹（或称攻丝）是指利用丝锥在已加工出的孔的内圆柱面上加工出内螺纹。它广泛用于钳工装配中。

套螺纹（或称套丝）是指钳工利用板牙在圆柱杆上加工外螺纹的一种加工螺纹的方法。

八、铆接技能

铆接是用铆钉将两个和两个以上的零件或构件连接为一个整体的连接方法。铆接具有工艺性简单、连接可靠、抗冲击性好等特点，广泛用于薄板件连接中。

九、刮削技能

刮削是用刮刀在有相对运动的配合表面刮去一层很薄的金属而达到要求精度的操作方法。刮削时刮刀对工件既有切削作用，又有压光作用，是一种精加工的方法。

通过刮削后的工件表面，不仅能获得很高的形位精度、尺寸精度、传动精度和接触精度，而且能使工件的表面组织紧密和表面粗糙度较小，还能形成比较均匀的微浅坑，创造良好的存油条件，减少摩擦阻力。刮削常用于零件上互相配合的重要滑动面，如机床导轨面、滑动轴承等，并且在机械制造、工具、量具制造及修理中占有重要地位。

十、装配和拆卸技能

装配是将若干个合格的零件按规定的技术要求结合成部件，或将若干个零件和部件结合成机器设备，并经过调整、试验等成为合格产品的工艺过程。装配是机器制造中的最后一道工序，因此它是保证机器达到各项技术要求的关键。装配工作的好坏，对产品的质量起着至关重要的作用。拆卸是将整机分解成部件、零件的方法。

十一、修理技能

修理是指机电设备出现故障或技术状况劣化到某一临界状态时，由钳工对设备进行修复、调整，使机电设备或零件恢复其规定的技术性能和完好的工作状态进行的一切活动。由于修理往往以机电设备的检查结果作为依据，而在工作中又与检查相结合，因此修理又称检修。

实训项目一　钳工量具的使用

 项目描述

学 习 目 标	任 务 分 解	教 学 建 议	课 时 计 划
（1）认识常用测量工具	① 认识钢直尺。 ② 认识游标卡尺。 ③ 认识千分尺。 ④ 认识外、内卡钳	教师边讲解边演示	1.5 学时
（2）学会用常用量具测量工件	① 用钢直尺测量工件。 ② 用游标卡尺测量工件。 ③ 用千分尺测量工件	教师边讲解边演示，学生边学边做	

 项目实施

本实训项目的主要任务是学会用常用量具测量工件，具体任务如下。

任务一　认识常用钳工测量工具

任务二　用钢直尺测量工件

任务三　用游标卡尺测量工件

任务四　用千分尺测量工件

任务一　认识常用的钳工测量工具

常用的钳工测量工具如表 1-1 所示。

表 1-1　　　　　　　　　　　常用钳工的测量工具

序号	名称	图　　示	说　　明
1	钢直尺	0 1 2 3 4 5 6 7 8 9 10 11	用于较准确的测量零件的长度、宽度和高度等，由不锈钢制成，分为 150mm、300mm、500mm 和 1000mm 四种规格
2	游标卡尺	固定内量爪　活动内量爪　固定螺钉　尺框　尺身　深度尺　游标　操作手柄　固定外量爪　活动外量爪	（1）用于直接测量零件的外径、内径、长度、宽度、深度和孔距等； （2）常用的游标卡尺的测量范围有 0～125mm、0～200mm 和 0～300mm 三种规格； （3）有 0.1mm、0.05mm 和 0.02mm 三种精度等级

续表

序号	名称	图　示	说　明
3	千分尺	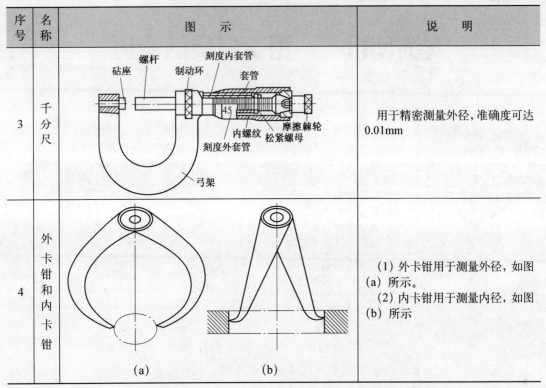	用于精密测量外径，准确度可达0.01mm
4	外卡钳和内卡钳	（a）　　　（b）	（1）外卡钳用于测量外径，如图（a）所示。 （2）内卡钳用于测量内径，如图（b）所示

任务二　用钢直尺测量工件

一、任务引入
用钢直尺测量工件。
二、任务实施
用钢直尺测量工件的步骤和方法如表1-2所示。

表1-2　　　　　用钢直尺测量工件的步骤和方法

序号	步骤	图　示	说　明
1	检查钢尺	角易磨损　　刻度端面易磨损　1 2	检查钢尺的刻度、端面、刻度侧面有无缺陷或弯曲，并用棉纱把钢尺擦干净
2	安放钢尺	V形铁　　薄板	（1）将V形铁或角铁的平面与工件端面靠紧

续表

序号	步骤	图　示	说　明
2	安放钢尺		(2) 测量圆棒长度时，钢尺要与工件轴线平行
			(3) 测量高度时，将钢尺垂直于平台或平面上
3	读数		从刻度线的正面正视刻度读出

任务三　用游标卡尺测量工件

一、任务引入

要求用游标卡尺测量方形工件。

二、任务实施

用游标卡尺测量工件的步骤和方法如表 1-3 所示。

表 1-3　　　　　　　　　　用游标卡尺测量工件的步骤和方法

序号	步骤	图　示	说　明
1	检查游标卡尺		(1) 松开固定螺钉。 (2) 用棉纱将移动面与测量面擦干净，并检查有无缺陷。 (3) 将两卡爪合拢，透光检查两测量面间有无缝隙。 (4) 将两卡爪合拢后，检查两零刻度线是否对齐
2	夹住工件		(1) 将工件置于稳定状态。 (2) 左手拿主尺的卡爪，右手的大拇指、食指拿副尺卡爪。 (3) 移动副尺卡爪，把两测量面张开至比被测量工件的尺寸稍大。 (4) 主尺的测量面贴合被测工件，右手的大拇指推动副尺卡爪，使两测量面与被测工件贴合，如图 (a) 所示。 (5) 对于小型工件，可以用左手拿着工件，右手操作副尺卡爪，如图(b)所示

5

续表

序号	步骤	图　示	说　明
3	读数	3 0　5　10 27mm+0.5mm=27.5mm	（1）夹住被测工件，从刻度线的正面正视刻度读取数值。 （2）如正视位置读数不便，可旋转固定螺钉后，将卡尺从工件上轻轻取下，再读取刻度值。 （3）读数方法：先读出尺身上的整数尺寸，图示为 27mm；再读出副尺上与主尺上对齐刻线处的小数尺寸，图示数为 0.5mm；最后将 27mm 与 0.5mm 相加得到实测总尺寸为 27.5mm

任务四　用千分尺测量工件

一、任务引入

要求用千分尺测量工件。

二、任务实施

用千分尺测量工件的步骤和方法如表 1-4 所示。

表 1-4　　　　　　　　　用千分尺测量工件的步骤和方法

序号	步骤	图　示	说　明
1	检查千分尺	零线	（1）松开止动锁。 （2）用棉纱将测量面及移动面擦干净，并检查有无缺陷。 （3）将棘轮转动，检查测量杆转动的情况是否正常。 （4）棘轮转至打滑为止，使两测量面贴合，检查零线位置
2	夹住工件		（1）将工件置于稳定状态。 （2）左手拿住尺架，右手转动微分筒，使开度比被测量工件的尺寸稍大。 （3）将工件置于两测量面之间，使其与被测工件贴合。 （4）棘轮转至打滑为止
3	读数	10 5 0 45 0　5　10 12+4×0.01=12.04mm	（1）夹住被测工件，从刻度线的正面正视刻度读取数值。 （2）如不能直接读数，可固定止动锁使测量杆固定后，轻轻取下千分尺，再读取刻度值。 （3）读数方法：先读出微分筒边缘在固定套管上的尺寸，图示为 12mm；再看微分筒上哪一格与固定套管上的基准线对齐，图示为 0.04mm；最后把两个读数相加即得到实测尺寸为 12.04mm

 项目练习

（一）用钢直尺测量工件练习（见表1-2）。
（二）用游标卡尺测量工件练习（见表1-3）。
（三）用千分尺测量工件练习（见表1-4）。

 项目评价

序号	考核内容	考核要求	配分	评分标准	检测结果	得分
1	实训态度	(1) 不迟到，不早退。 (2) 实训态度应端正	10	(1) 迟到一次扣1分。 (2) 旷课一次扣5分。 (3) 实训态度不端正扣5分		
2	安全文明生产	(1) 正确执行安全技术操作规程。 (2) 工作场地应保持整洁。 (3) 工件、工具摆放应保持整齐	6	(1) 造成重大事故，按0分处理。 (2) 其余违规，每违反一项扣2分		
3	设备、工具、量具的使用	各种设备、工具、量具的使用应符合有关规定	4	(1) 造成重大事故，按0分处理。 (2) 其余违规，每违反一项扣1分		
4	操作方法和步骤	操作方法和步骤必须符合要求	30	每违反一项扣1～5分		
5	技术要求	符合图纸要求	50	每违反一项扣50分/总要求项目数		
6	合　　计					
7	学习收获					
8	能力提升					
9	存在问题					
10	教师点评					

实训项目二 工 件 划 线

 项目描述

学 习 目 标	任 务 分 解	教 学 建 议	课 时 计 划
（1）认识常用划线工具	① 认识划针。 ② 认识划规。 ③ 认识划线盘。 ④ 认识 V 形块。 ⑤ 认识千斤顶	教师边讲解边演示	4 学时
（2）学会划线基本方法	① 划直线。 ② 划圆。 ③ 平面划线。 ④ 立体划线	教师边讲解边演示，学生边学边做	

 项目实施

本实训项目的主要任务是学会划线的基本方法，具体任务如下。

任务一 认识常用划线工具

任务二 划直线

任务三 划圆

任务四 平面划线

任务五 立体划线

任务一 认识常用划线工具

常用划线工具如表 2-1 所示。

表 2-1　　　　　　　　　　　常用划线工具

序号	名称	图　　示	说　　明
1	划线钳桌	(a)　　　(b)	（1）起支撑作用。 （2）由铸铁铸成，其上表面是划线及检测的基准，经精刨或刮削而成。其高度多为 600~900mm，安装平面度公差必须保证在 0.1mm/1000mm。 （3）可分为整体式（如图（a）所示）和组合式（图（b）所示）

续表

序号	名称	图　示	说　明
2	划针	 (a) 15°~20° 划线方向 45°~75° (b)	（1）用来划直线和曲线。 （2）可分为直划针和弯头划针（如图（a）所示）。 （3）划线时针尖要紧贴于钢直尺的直边或样板的曲边缘，上部向外侧倾斜 15°～20° 角，向划线方向倾斜 45°～75° 的角度（如图（b）所示）；划线一定要力度适当、一次划成，不要重复划同一条线条。划针用钝后，可在砂轮或油石上磨锐，否则划出的线条过粗不精确
3	划线盘	 紧固件 划针 立柱 盘座	（1）用来进行立体划线和校正工件的位置。 （2）夹紧螺母，可将划针固定在立柱的任何位置上。划针的直头端用来划线，为了增加划线时的刚度，划针不宜伸出过长。弯头端用来找正工件的位置。 （3）划线时划针应尽量处于水平位置，不要倾斜太多，双手扶持划线盘的底座，推动它在划针平板上平行移动即可进行划线
4	划规	 (a)　　　　(b)	（1）用来划圆、圆弧、等分线段、角度及量取尺寸等。 （2）可分为普通划规（如图（a）、（b）所示）、弹簧划规和大小尺寸划规等几种。 （3）使用划规时，掌心压住划规顶端，使划规尖扎入金属表面或样冲眼内。划圆周时常由划顺、逆两个半圆弧而成
5	划线锤		（1）用来在线条上打样冲眼。 （2）可用于调整划线盘划针的升降

9

序号	名称	图　示	说　明
6	高度游标卡尺		（1）用于精密划线与测量。 （2）不允许用于毛坯划线
7	游标卡尺	固定内量爪　活动内量爪　固定螺钉　尺框　尺身　深度尺　游标　操作手柄　固定外量爪　活动外量爪	（1）用来直接测量零件的外径、内径、长度、宽度、深度和孔距等。 （2）常用的游标卡尺有 0～125mm、0～200mm 和 0～300mm 等几种
8	样冲	60°	（1）用来在划好的线上冲眼。 （2）样冲多用工具钢自制而成，冲尖磨成45°～60°角，并淬火，使其硬度达到55～60HRC。 （3）使用时，样冲应先向外倾斜，以便对准线条中间；对准后再立直，用划线锤锤击即可。如果有偏离或歪斜必须立即重打
9	V形块		用来在划线时支承圆形工件，一般用铸铁成对制成
10	千斤顶	螺杆　螺母　锁紧螺母　螺钉　底座	（1）用来支承毛坯或不规则工件，便于进行立体划线。 （2）使用千斤顶支承工件时，一般要同时用3个千斤顶支承在工件的下面，在工件较重的一端放两个千斤顶，较轻的一端放一个千斤顶，这样比较稳定。3个支承点离工件重心应尽量远一些，3个支承点所组成的三角形面积应尽量大一些。 （3）带V形块的千斤顶可用于支承圆柱面工件

续表

序号	名称	图　示	说　明
11	划线涂料	—	（1）常用的涂料有白灰水、蓝油、白粉笔等。 （2）白灰水主要适用于锻件、铸件等毛坯工件的划线。 （3）蓝油主要适用于已加工表面工件的划线。 （4）白粉笔一般可用于小的毛坯件的划线。 （5）在涂涂料时，必须涂得薄而均匀

任务二　划　直　线

一、任务引入
要求用划针和划针盘划直线。

二、任务实施
用划针和划针盘划直线的步骤和方法如表 2-2 所示。

表 2-2　　　　　　　　　　划直线的步骤和方法

序号	方法	图　示	说　明
1	用划针划纵直线		在平板上划直线时，选好位置后，左手紧紧按住钢尺
		划线方向　15°~20°　45°~75°　(a)　(b)	划线时，针尖要紧贴于钢直尺的直边或样板的曲边缘，上部向外侧倾斜 15°~20° 角（如图 (a) 所示)，向划针运动方向倾斜 45°~75° 角（如图 (b) 所示），划线一定要力度适当、一次划成，不要重复划同一条线条
		角钢	在圆柱形工件上划与轴线平行的直线时，可使用角钢来划

续表

序号	方法	图　示	说　明
2	用划针划横直线	 (a)　　　　(b)	（1）选好位置后，使角尺边紧紧靠住基准面，如图（a）所示。 （2）左手紧紧按住钢尺，（如图（b）所示）。 （3）划线时，从下向上划线，方法同于划纵直线
3	用划针盘划直线	 固紧 蝶形螺母 (a) 降低针尖　抬高针尖 (b)	取划线尺寸的方法如下。 （1）松开蝶形螺母，针尖稍向下对准并刚好触到钢尺的刻度。 （2）用手旋紧蝶形螺母，然后用小锤轻轻敲击固紧，如图（a）所示。 （3）进行微调时，使划针紧靠钢尺刻度，如图（b）所示；用左手紧紧按住划针盘底座，同时用小锤轻轻敲击，使划针的针尖正确地接触到刻线，再固紧蝶形螺母
		 工件 划针盘 钢尺 尺架 平台 (a) 工件 划线方向 约15° (b)	划线的方法如下。 （1）用左手握住工件以防其移动，如图（a）所示。当工件较薄且刚性较差时，可添加V形块，保持划线面与工作台垂直；用右手握住划针盘底座，如图（a）所示。 （2）使划针向划线方向倾斜约15°角，如图（b）所示。 （3）按划线方向移动划针盘，使针尖在工件表面划出清晰的直线

任务三　划　　圆

一、任务引入

要求划一直径为 20mm 的圆。

二、任务实施

划圆的步骤和方法如表 2-3 所示。

表 2-3　　　　　　　　　　　　　　划圆的步骤和方法

序号	步骤	图　　示	说　　明
1	检查划规	—	（1）检查划规是否有损坏。 （2）检查划规的脚尖是否有磨损，若有，应用油石将其磨尖
2	打样冲眼		在找到的圆心处打样冲眼
3	将划规张开至所需尺寸	 打开　　　　合拢	（1）一只手握住钢尺，一只手拉开划规脚，对准尺寸刻度。 （2）划较大的圆时，可将钢尺放在工作台上，用两只手张开划规，再将划规脚对准钢尺的尺寸。 （3）划较小的圆时，先将划规脚张开稍大些，再用手调整使脚尖对准钢尺的尺寸。 （4）微调时，可轻轻敲击划规脚，使两脚对准钢尺的尺寸
4	划圆	 划上半圆　　　　划下半圆 （a）　　　　　　（b）	（1）将划规脚尖对准样冲眼，用一只手握住划规的头部。 （2）从左到右，大拇指用力，同时向走线方向稍微倾斜划圆，见图（a）。 （3）变换大拇指接触划规的位置，使划规从另一方向划出剩下的半个圆，见图（b）

任务四　平　面　划　线

一、任务引入

划出如图 2-1 所示的线。

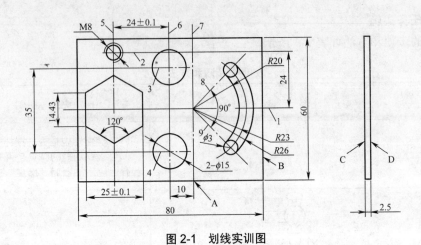

图 2-1　划线实训图

二、任务实施

平面划线的步骤和方法如表 2-4 所示。

表 2-4　　　　　　　　　平面划线的步骤和方法

序号	步骤	图　示	说　明
1	准备工作		（1）准备好各种划线时必需的工具，如划线钳桌、划针盘、划规、样冲、划线锤、角尺、三角板及白粉笔等。 （2）清理毛坯。 （3）选定相互垂直的中心线 1、6 为划线基准。 （4）用白粉笔将 D 面均匀涂成白色
2	划线		（1）划出基准线 1、6。 （2）划出基准线 2、3、4。 （3）划出基准线 5、7。 （4）划出基准线 8、9

14

续表

序号	步骤	图　示	说　明
2	划线	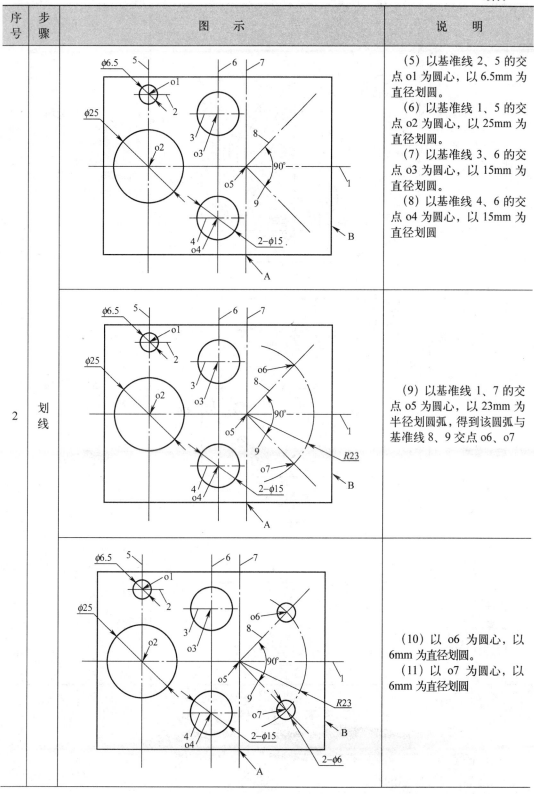	（5）以基准线 2、5 的交点 o1 为圆心，以 6.5mm 为直径划圆。 （6）以基准线 1、5 的交点 o2 为圆心，以 25mm 为直径划圆。 （7）以基准线 3、6 的交点 o3 为圆心，以 15mm 为直径划圆。 （8）以基准线 4、6 的交点 o4 为圆心，以 15mm 为直径划圆
			（9）以基准线 1、7 的交点 o5 为圆心，以 23mm 为半径划圆弧，得到该圆弧与基准线 8、9 交点 o6、o7
			（10）以 o6 为圆心，以 6mm 为直径划圆。 （11）以 o7 为圆心，以 6mm 为直径划圆

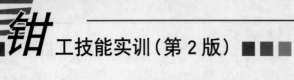
续表

序号	步骤	图　示	说　明
2	划线	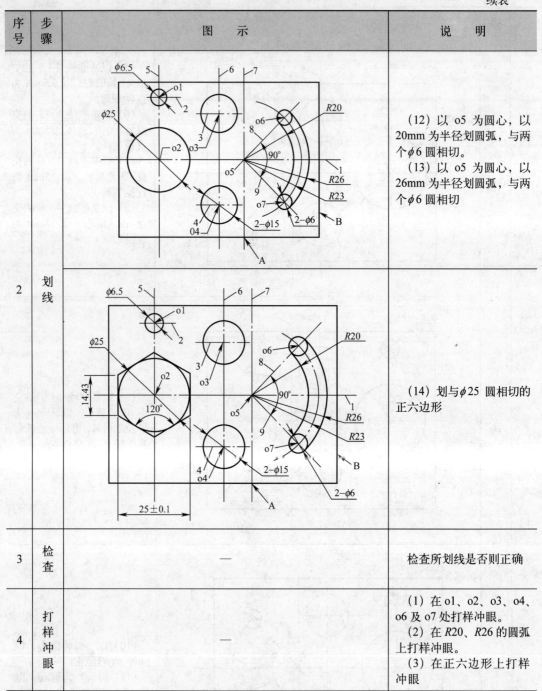	（12）以 o5 为圆心，以 20mm 为半径划圆弧，与两个 φ6 圆相切。 （13）以 o5 为圆心，以 26mm 为半径划圆弧，与两个 φ6 圆相切 （14）划与 φ25 圆相切的正六边形
3	检查	—	检查所划线是否则正确
4	打样冲眼	—	（1）在 o1、o2、o3、o4、o6 及 o7 处打样冲眼。 （2）在 R20、R26 的圆弧上打样冲眼。 （3）在正六边形上打样冲眼

任务五　立体划线

一、任务引入

划出如图 2-2 所示的线。

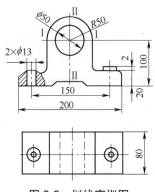

图 2-2 划线实训图

二、任务实施

立体划线的步骤和方法如表 2-5 所示。

表 2-5　　　　　　　　　　　立体划线的步骤和方法

序号	步骤	图　　示	说　　明
1	准备工具		（1）准备好各种划线时必需的工具，如划线钳桌、划针盘、划规、样冲、划线锤、角尺、三角板及白粉笔等。 （2）清理毛坯。 （3）设定相互垂直的中心线 I-I、II-II 为划线基准，如图 2-2 所示。 （4）根据 ϕ50 孔的中心平面，调节千斤顶使工件水平
2	划线		（1）划 ϕ50 孔中心线 I-I
			（2）划 ϕ50 孔中心线 II-II 和孔 ϕ13 的中心线
			（3）划厚度中心线 III-III。 （4）在各处交点打样冲眼。 （5）以各处交点为圆心划圆

续表

序号	步骤	图 示	说 明
3	检查	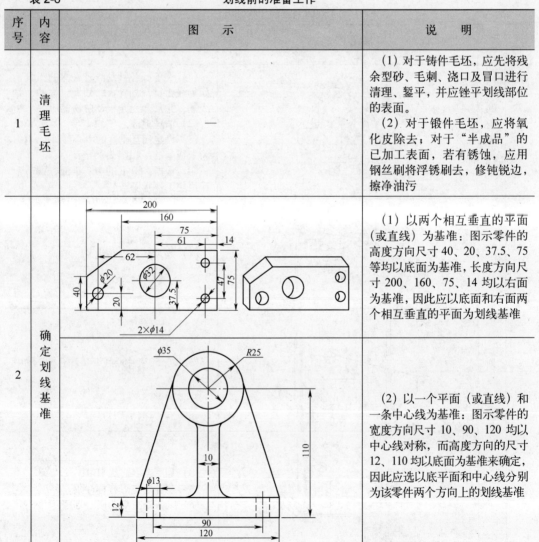	检查所划线是否正确

 相关知识

划线前的准备工作如表 2-6 所示。

表 2-6　　　　　　　　　　　划线前的准备工作

序号	内容	图 示	说 明
1	清理毛坯	—	(1) 对于铸件毛坯，应先将残余型砂、毛刺、浇口及冒口进行清理、錾平，并应锉平划线部位的表面。 (2) 对于锻件毛坯，应将氧化皮除去；对于"半成品"的已加工表面，若有锈蚀，应用钢丝刷将浮锈刷去，修钝锐边，擦净油污
2	确定划线基准		(1) 以两个相互垂直的平面（或直线）为基准：图示零件的高度方向尺寸 40、20、37.5、75 等均以底面为基准，长度方向尺寸 200、160、75、14 均以右面为基准，因此应以底面和右面两个相互垂直的平面为划线基准
			(2) 以一个平面（或直线）和一条中心线为基准：图示零件的宽度方向尺寸 10、90、120 均以中心线对称，而高度方向的尺寸 12、110 均以底面为基准来确定，因此应选以底平面和中心线分别为该零件两个方向上的划线基准

续表

序号	内容	图　示	说　明
2	确定划线基准	R30　3×φ30　基准　120　18　R15　R30　18　R30　19	（3）以两条相互垂直的中心线为基准：图示零件的两个方向尺寸与其中心线具有对称性，因此应选水平中心线和垂直中心线分别为该零件两个方向上的划线基准
3	确定借料的方案	$150^{+0.30}_{-0.19}$　A　144　3　3　A—A　φ75H7　A　B　φ125　C　25　A　5	借料是一种用划线方法来拯救有误差或缺陷的毛坯或半成品的方法。图示为箱体毛坯划线借料的情况
4	加塞块	—	为了划出孔的中心，在孔中要安装中心塞块或铅塞块，大孔用中心架
5	涂涂料	—	划线部位清理后应涂上涂料。涂料要涂得均匀而且薄
6	划针的修磨		划针的针尖要用油石修磨并淬火，以保持针尖锋利
7	划针的清理	—	划针表面要用棉纱擦干净

项目练习

（一）划直线练习（见表2-2）。

（二）划圆练习（见表2-3）。

（三）平面划线练习（见表2-4）。
（四）立体划线练习（见表2-5）。

 项目评价

序号	考核内容	考核要求	配分	评分标准	检测结果	得分
1	实训态度	(1) 不迟到，不早退。 (2) 实训态度应端正	10	(1) 迟到一次扣1分。 (2) 旷课一次扣5分。 (3) 实训态度不端正扣5分		
2	安全文明生产	(1) 正确执行安全技术操作规程。 (2) 工作场地应保持整洁。 (3) 工件、工具摆放应保持整齐	6	(1) 造成重大事故，按0分处理。 (2) 其余违规，每违反一项扣2分		
3	设备、工具、量具的使用	各种设备、工具、量具的使用应符合有关规定	4	(1) 造成重大事故，按0分处理。 (2) 其余违规，每违反一项扣1分		
4	操作方法和步骤	操作方法和步骤必须符合要求	30	每违反一项扣1~5分		
5	技术要求	符合图纸要求	50	每违反一项扣50分/总要求项目数		
6	工时	1.5学时		每超时5min扣2分		
7	合　计					
8	学习收获					
9	能力提升					
10	存在问题					
11	教师点评					

实训项目三 工件锯削

 项目描述

学 习 目 标	任 务 分 解	教 学 建 议	课 时 计 划
（1）认识常用的锯削工具	① 认识台虎钳。 ② 认识手锯	教师边讲解边演示，学生边学边做	
（2）掌握锯条的选用和安装方法	① 锯条的结构。 ② 锯条的选用和安装	教师边讲解边演示，学生边学边做	4 学时
（3）熟悉方钢料锯削的方法	方钢料锯削	教师边讲解边演示，学生边学边做	

 项目实施

本实训项目的主要任务是学会工件锯削的基本方法，具体任务如下。

任务一　认识常用的锯削工具

任务二　锯条的选用和安装

任务三　方钢料锯削

任务一　认识常用的锯削工具

常用的锯削工具如表 3-1 所示。

表 3-1　　　　　　　　　　　　常用的锯削工具

序号	名称	图 示	说 明
1	台虎钳	钳口螺钉　砧座 紧固螺栓 旋转螺杆	（1）安装在钳桌边缘，用来夹持工件。 （2）夹紧工件时，只允许依靠手的力量来扳动手柄，不能用锤子敲击手柄或套上长管子来扳动手柄，以免导致丝杠、螺母或钳身等损坏。 （3）不允许在活动钳身的光滑平面上进行敲击作业。 （4）丝杠、螺母和其他活动表面上要经常加油并保持清洁

续表

序号	名称	图　示	说　明
2	手锯	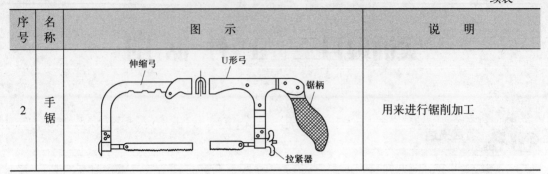	用来进行锯削加工

任务二　锯条的选用和安装

锯条的选用和安装如表 3-2 所示。

表 3-2　　　　　　　　　　　锯条的选用和安装

序号	内容	图　示	说　明
1	锯条的结构	300　　厚0.64　12~13	锯条一般用渗碳软钢冷轧而成，也有的用碳素工具钢或合金钢制成，经热处理及淬火处理
2	锯条的规格	—	锯条的规格以锯条两端安装孔间的距离来表示。常用的锯条长为 300mm，宽为 12mm，厚为 0.64mm
3	锯齿的粗细	—	见表 3-3
4	锯条的选用	—	见表 3-4
5	锯条的安装	正确装法	（1）锯齿尖要向前，因为手锯在向前推进时才切削工件。

22

续表

序号	内容	图 示	说 明
5	锯条的安装	错误装法	（2）锯条松紧要适当。如果锯条装得太紧，锯条受力太大，会失去弹性，锯削时稍有阻滞就容易折断；如果锯条装得太松，锯条不但容易发生扭曲造成折断，而且锯缝还容易歪斜

表 3-3　　　　　　　　　　　　　　　锯齿的粗细

锯条 齿数（个）	粗齿	中齿	细齿
齿数	14～18	18～24	32

表 3-4　　　　　　　　　　　　不同材料锯条粗细的选用

锯条 材料	粗齿	中齿	细齿
软材料	选用	—	—
硬材料	—	选用	—
中等硬度材料	—	—	选用

任务三　方钢料锯削

一、任务引入

将一 20mm×20mm×100mm 的 45 方钢料锯成 20mm×20mm×80mm 的方钢料。

二、任务实施

方钢料锯削的步骤和方法如表 3-5 所示。

表 3-5　　　　　　　　　　　　方钢料锯削的步骤和方法

序号	步骤	图 示	说 明
1	划线	—	清理工件并划线
2	夹持好工件	—	（1）工件的夹持要牢固，不可有抖动，以防锯削时工件移动而使锯条折断。同时也要防止夹坏已加工表面，避免使工件变形。 （2）工件尽可能夹持在台虎钳的左侧，以方便操作；锯削线应与钳口垂直，以防锯斜；锯削线离钳口不应太远，一般为 5～10mm，以防锯削时产生抖动

续表

序号	步骤	图　　示	说　　明
3	装锯条	—	根据所锯材料，选择并安装好锯条
4	握锯		常见的握锯方法是右手满握锯柄，左手轻轻扶在锯弓前端
5	站立好	(a)　　　　　(b)	锯削时，操作者应站立在台虎钳的左侧，左脚向前迈半步，与台虎钳中轴线成 30°角；右脚在后，与台虎钳中轴线成 75°角；两脚间的间距与肩同宽，如图（a）所示。其身体与台虎钳中轴线的垂线成 45°角，如图（b）所示
6	起锯	(a) 远起锯　　　(b) 近起锯 (c) 起锯角太大　　(d) 用拇指挡住锯条起锯	（1）起锯的方式有远起锯和近起锯两种，如图（a）、图（b）所示。一般情况都采用远起锯。 （2）起锯角 α 以 15°左右为宜。为了起锯的位置正确和平稳，可用左手大拇指挡住锯条来定位，如图（d）所示。 （3）起锯时压力要小，往返行程要短，速度要慢，这样可使起锯平稳
7	锯削		（1）选好站立位置并握好锯

续表

序号	步骤	图　示	说　明
7	锯削		（2）推锯。开始进锯时，用力要均匀，左手扶锯，右手掌推动锯子向前运动，上身倾斜跟随一起动；右腿伸直向前倾，操作者的重心在左腿且左膝弯曲。锯子行至3/4锯子的长度时，身体停止向前运动，但两臂继续把锯子送到头
			（3）回锯。左手要把锯弓略微抬起，右手向后拉动锯子，身体逐渐回到原来位置
		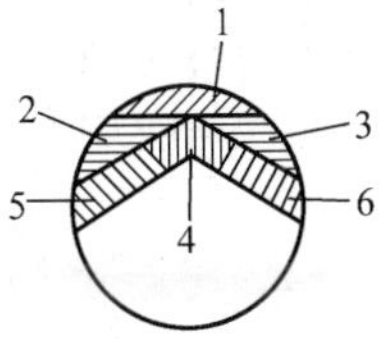 圆棒锯削 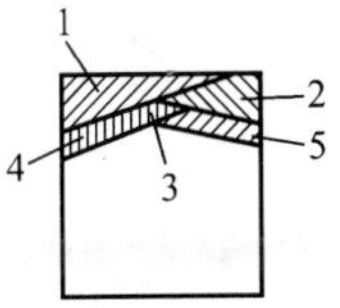　　方钢锯削 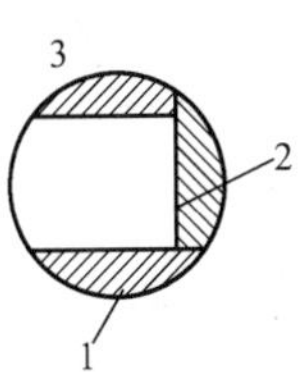 圆棒锯削 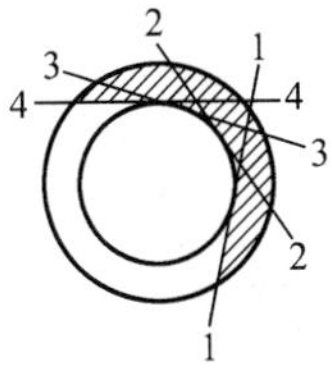　　管子锯削	（4）顺序锯削。按图示顺序反复进行操作，并经常加油
8	收锯	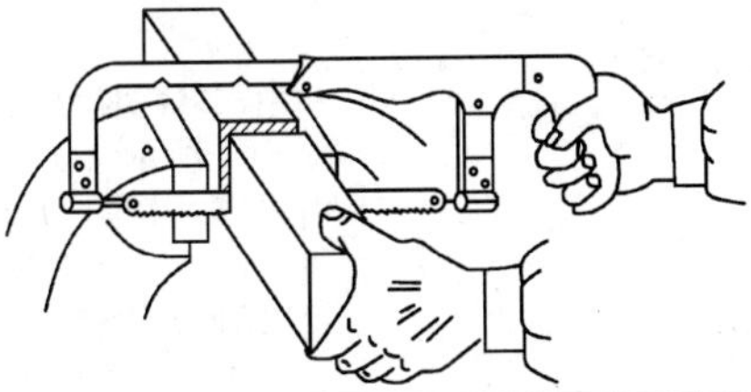	快锯断时，左手托拿材料，只用右手轻力锯落，不使材料落在工作台上
9	完成任务	—	边锯削边检查，直至符合要求，最后卸下工件，将各种工具量具收好

相关知识

一、其他形式工件的锯削方法（见表3-6）

表3-6 其他形式工件的锯削方法

序号	内容	图 示	说 明
1	薄材料工件的锯削方法		（1）锯削扁钢、条料时，可采用远起锯法，并从宽的一面下锯。 （2）锯削薄板料时，可将薄板夹持在两木块之间，连同木块一起锯削
2	轴类零件的锯削方法		（1）锯削前，工件夹持要平稳，尽量保持水平位置，使锯条与它保持垂直，以防止锯缝歪斜。 （2）若被锯削工件的断面要求平整、光洁，则锯削应从一个方向连续锯削直到结束。 （3）当锯削后的断面要求不高时，锯削时每到一定深度（不超过中心）可改变锯削方向，最后一次锯断
3	管子工件的锯削方法		（1）锯削前把管子水平夹持在台虎钳上，不能夹得太紧，以免管子变形。 （2）对于薄壁管子或精加工过的管子，都应将其夹在木垫内
4	深缝工件的锯削方法	(a) (b) (c)	当锯缝深度超过锯弓的高度时，如图（a）所示，可将锯条转过90°安装后再锯，如图（b）所示，同时要调整工件夹持的位置，使锯削部分处于钳口附近，避免工件跳动。也可将锯条转180°，使锯齿指向锯弓内，安装好后再进行锯削，如图（c）所示

二、锯削时常见的问题和预防方法（见表3-7）

表 3-7 锯削时常见的问题和预防方法

序号	常见问题	产生原因	预防方法
1	锯缝歪斜	(1) 工件装夹不正。 (2) 锯弓未扶正或用力歪斜，锯条背偏离锯缝中心平面，而斜靠在锯削断面的一侧。 (3) 锯削时双手操作不协调	(1) 装夹工件要正确。 (2) 锯弓要扶正，用力不能歪斜。 (3) 锯削时双手操作要协调
2	锯齿崩裂	(1) 锯条装夹过紧。 (2) 起锯角度太大。 (3) 锯削中遇到材料组织缺陷，如杂质、砂眼等	(1) 锯条装夹力要适当。 (2) 起锯角度要适合要求。 (3) 在锯削过程中要注意材质的变化
3	锯条折断	(1) 锯条选用不当或起锯角度不当。 (2) 锯条装夹得过紧或过松。 (3) 工件未夹紧，锯削时工件有松动。 (4) 锯削压力太大或推锯过猛。 (5) 强行矫正歪斜锯缝或换上的新锯条在原锯缝中被卡住。 (6) 工件锯断时锯条撞击到工件	(1) 更换合适的锯条。 (2) 锯条装夹力要适当。 (3) 锯条装夹力要适当。 (4) 推锯力量要适当。 (5) 矫正歪斜锯缝时力量要适当。 (6) 锯条不要撞击工件
4	尺寸超差	(1) 划线不正确。 (2) 锯缝歪斜过多，偏离划线范围	(1) 划线后一定要检查。 (2) 锯缝要正，不要偏离划线范围
5	工件拉毛	起锯方法不对，把工件表面锯坏了	起锯方法要正确

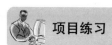 **项目练习**

（一）锯条的选用和安装（见表 3-2）。
（二）方钢料锯削练习（见表 3-5）。

 项目评价

序号	考核内容	考核要求	配分	评分标准	检测结果	得分
1	实训态度	(1) 不迟到，不早退。 (2) 实训态度应端正	10	(1) 迟到一次扣1分。 (2) 旷课一次扣5分。 (3) 实训态度不端正扣5分		
2	安全文明生产	(1) 正确执行安全技术操作规程。 (2) 工作场地应保持整洁。 (3) 工件、工具摆放应保持整齐	6	(1) 造成重大事故，按0分处理。 (2) 其余违规，每违反一项扣2分		

续表

序号	考核内容	考核要求	配分	评分标准	检测结果	得分
3	设备、工具、量具的使用	各种设备、工具、量具的使用应符合有关规定	4	(1) 造成重大事故，按0分处理。 (2) 其余违规，每违反一项扣1分		
4	操作方法和步骤	操作方法和步骤必须符合要求	30	每违反一项扣1～5分		
5	技术要求	符合图纸要求	50	每违反一项扣50分/总要求项目数		
6	工时	2学时		每超时5min扣2分		
7	合　　计					
8	学习收获					
9	能力提升					
10	存在问题					
11	教师点评					

实训项目四　工件錾削

项目描述

学习目标	任务分解	教学建议	课时计划
（1）熟悉錾削工具的使用方法	① 认识錾子。 ② 认识锤子。 ③ 认识砂轮机	教师边讲解边演示，学生边学边做	4学时
（2）学会窄平面錾削的步骤和方法	窄平面錾削	教师边讲解边演示，学生边学边做	

项目实施

本实训项目的主要任务是学会錾削的基本方法，具体任务如下。

任务一　认识常用的錾削工具

任务二　窄平面錾削

任务一　认识常用的錾削工具

常用的錾削工具如表4-1所示。

表4-1　　　　　　　　　　　常用的錾削工具

序号	名称	图　示	说　明
1	钳桌		（1）钳桌用来安装台虎钳并放置各种工具和工件。 （2）有钢结构、木制结构的钳桌，木制结构的台面覆盖铁皮，其高度约为 800～900mm，长度和宽度可随工作的需要而定
2	錾子	锋口　斜面　柄　剖面　头 35°~70°　（a）	（1）根据锋口的不同，錾子可分为扁錾（图（a））、尖錾（图（b））和油槽錾（图（c））等。 （2）扁錾用来錾削平面、凸缘、毛刺和分割材料等。 （3）尖錾主要用来錾槽和分割曲线板料

续表

序号	名称	图示	说明
2	錾子	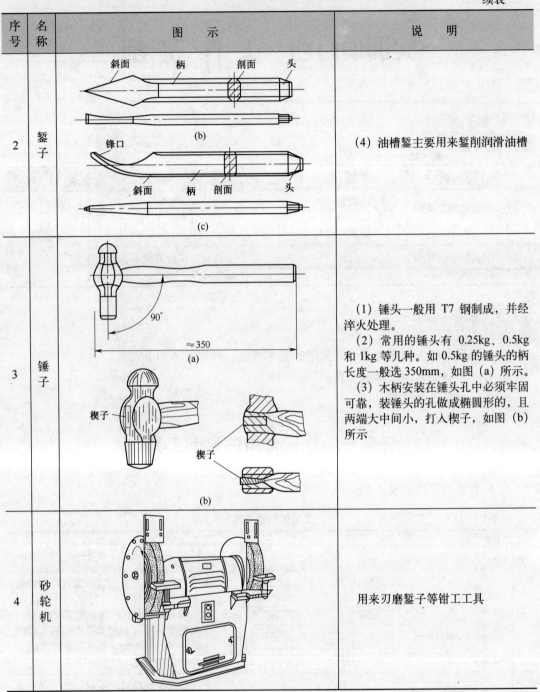	（4）油槽錾主要用来錾削润滑油槽
3	锤子		（1）锤头一般用 T7 钢制成，并经淬火处理。 （2）常用的锤头有 0.25kg、0.5kg 和 1kg 等几种。如 0.5kg 的锤头的柄长度一般选 350mm，如图（a）所示。 （3）木柄安装在锤头孔中必须牢固可靠，装锤头的孔做成椭圆形的，且两端大中间小，打入楔子，如图（b）所示
4	砂轮机		用来刃磨錾子等钳工工具

任务二　窄平面錾削

一、任务引入

錾削尺寸为 100mm×50mm×10mm 的 45 钢板的 3 平面，达到如图 4-1 所示的要求。

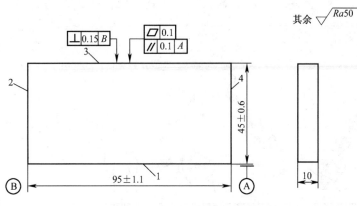

图 4-1 窄平面錾削实训图

二、任务实施

窄平面錾削的步骤和方法如表 4-2 所示。

表 4-2 窄平面錾削的步骤和方法

序号	步骤	图 示	说 明
1	划线	—	按图样划好线
2	夹好工件	—	在虎钳上夹好工件
3	握好錾子		（1）正握法：手心向下，用左手的中指、无名指和小指握住錾子，食指和大拇指自然松靠，錾子的头部伸出约20mm
			（2）反握法：手心向上，手指自然捏住錾子，手掌悬空不与錾子接触
4	握好锤		（3）紧握法：用右手食指、中指、无名指和小指紧握锤柄，大拇指放在食指上面，虎口对准锤头的走向，把尾留露15～30mm

续表

序号	步骤	图　　示	说　　明
4	握好锤		松握法：只用大拇指和食指始终紧握锤柄。当用锤子打击錾子时，中指、无名指、小指一个接一个依次握紧锤柄，挥锤时以相反的次序依次放松
5	挥锤	肘挥	（1）腕挥：腕挥只用手腕的运动，锤击力小，一般用于錾削的开始和结尾。 （2）肘挥：肘挥是用腕和肘一起挥锤，这种挥锤法打击力较大，应用最广泛 （3）臂挥：臂挥是用手腕、肘和全臂一起挥锤。这种挥锤法打击力最大，用于需要大力錾削的情况
6	起錾	A—A (a)　　　(b)	起錾时，錾子尽可能地向右倾斜45°角左右。从工件边缘尖角处开始，并使錾子从尖角处向下倾斜约30°角，轻打錾子，切入材料
7	正常錾削	用力应大　錾削方向　切削层厚 用力应较小　錾削方向　切削层薄 (a)　　　(b)	（1）錾削层较厚时，后角α小。 （2）錾削层较薄时，后角α大些

32

续表

序号	步骤	图　示	说　明
8	结束錾削	正确　　　　错误	（1）当錾削到工件尽头时，要防止工件材料的边缘崩裂，脆性材料尤其需要注意。因此，錾到离尽头10mm左右时，必须调头錾去其余部分。 （2）錾削结束后，应修光錾削边的毛刺。 （3）边錾削边检查，直至符合图4-1的要求，最后卸下工件，将各种工具量具收好

 相关知识

一、錾子的刃磨和热处理（如表4-3所示）

表 4-3　　　　　　　　　　　錾子的刃磨和热处理

序号	项目	图　示	说　明
1	錾子的几何角度	基面　切削平面 γ　β　α　v	（1）楔角β（见表4-4）。 （2）后角$\alpha°$：后角的大小由錾子被手握的位置决定，一般取5°～8°角。后角太大会使切入太深，而后角太小又会使錾子容易滑出，而无法切入。 （3）前角γ： 前角$\gamma=90°-（\alpha+\beta）$
2	錾子的刃磨	(a)	（1）錾子的握法。两手一前一后，前面手的大拇指与食指捏住錾子的前端，其他三指自然弯曲；另一只手的五指轻力捏住錾子的杆部。 （2）刃面和腮面的刃磨。在旋转的砂轮轮缘上进行刃磨，这时錾子的切削刃应高于砂轮中心，在砂轮全宽上来回平稳地左右移动，并要控制錾子前后刃面的位置，保证磨出符合要求的楔角。

33

续表

序号	项目	图　示	说　明
2	錾子的刃磨	(b)	（3）刃口的刃磨。在砂轮的外边圆上刃磨刃口，两手要同时左右移动，如图（b）所示
3	錾子的热处理		（1）淬火。将錾子的切削部分约20mm 长度加热至 750℃～780℃（呈暗樱红色）后，迅速从炉中取出，并垂直浸入水中深约 4～6mm 进行冷却；将錾子沿水平面微微移动，等冷却到錾子露出水面部分呈黑色时，将錾子取出。 （2）回火。錾子取出后，利用錾子上部的热量进行回火。一般刚出水时錾子刃口呈白色，随后变成黄色，再变成蓝色。当呈黄色时把錾子全部浸入水中冷却，此时的回火温度称为黄火。当呈蓝色时把錾子全部浸入水中冷却，此时的回火温度称为蓝火。一般多采用黄蓝火，这样可以使錾子既能达到较高的硬度，又能保持足够的韧性

表 4-4　　　　　　　　　　楔角 β 的选择

所錾材料　　　楔角	楔角 β
工具钢等硬材料	60°～70°
中等硬度材料	50°～60°
铜、铝、锡软材料	30°～45°

二、其他形状工件的錾削（如表4-5所示）

表4-5 其他形状工件的錾削方法

序号	方法	图　示	说　明
1	板料的錾削		（1）在台虎钳上錾削板料。錾削时，板料要按划线与钳口平齐，用扁錾沿着钳口并斜对着板料（约成 45°角）自右向左錾削。錾削时，錾子的刃口不能正对着板料
			（2）在铁砧上或平板上錾削板料。对于尺寸较大的板料，錾削时，应选择切断用的錾子，并且其切削刃应磨有适当的弧形，便于錾削和錾痕对齐
			（3）用密集钻孔配合錾削板料。 ① 板料轮廓较复杂时，为了尽量减少变形，一般先按要加工的轮廓线划线。 ② 钻出密集的孔。 ③ 用扁錾、尖錾逐步錾削
2	大平面的錾削方法		錾削时，可先用尖錾间隔开槽，槽的深度应保持一致；然后再用扁錾錾去剩余的部分，这样比较省力
3	油槽的錾削方法	 (a) (b)	（1）根据图样上油槽的断面形状、尺寸，刃磨好油槽錾子的切削部分，如图（a）所示。 （2）在工件需要錾削的油槽部位划线。 （3）錾削时，錾子的倾斜角需随曲面而变动，保持錾削时的后角不变，这样錾出的油槽光滑且一致，如图（b）所示

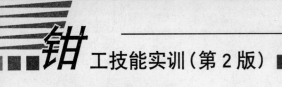

 项目练习

窄平面的錾削训练（见表4-2）。

 项目评价

序号	考核内容	考核要求	配分	评分标准	检测结果	得分
1	实训态度	(1) 不迟到，不早退。 (2) 实训态度应端正	10	(1) 迟到一次扣1分。 (2) 旷课一次扣5分。 (3) 实训态度不端正扣5分		
2	安全文明生产	(1) 正确执行安全技术操作规程。 (2) 工作场地应保持整洁。 (3) 工件、工具摆放应保持整齐	6	(1) 造成重大事故，按0分处理。 (2) 其余违规，每违反一项扣2分		
3	设备、工具、量具的使用	各种设备、工具、量具的使用应符合有关规定	4	(1) 造成重大事故，按0分处理。 (2) 其余违规，每违反一项扣1分		
4	操作方法和步骤	操作方法和步骤必须符合要求	30	每违反一项扣1~5分		
5	技术要求	符合图纸要求	50	每违反一项扣50分/总要求项目数		
6	工时	2学时		每超时5min扣2分		
7	合　计					
8	学习收获					
9	能力提升					
10	存在问题					
11	教师点评					

实训项目五 工 件 锉 削

 项目描述

学 习 目 标	任 务 分 解	教 学 建 议	课 时 计 划
（1）掌握选择锉刀的原则	① 锉刀的结构。 ② 锉刀的选用	教师边讲解边演示，学生边学边做	4学时
（2）掌握窄平面锉削的步骤和方法	窄平面锉削	教师边讲解边演示，学生边学边做	
（3）掌握六角体锉配的步骤和方法	六角体锉配	教师边讲解边演示，学生边学边做	12学时

 项目实施

本实训项目的主要任务是学会锉削的基本方法，具体任务如下。

任务一 锉刀的选用

任务二 窄平面锉削

任务三 六角体锉配

任务一 锉刀的选用

锉刀的选用方法如表5-1所示。

表5-1 锉刀的选用方法

序号	名称	图 示	说 明
1	锉刀的结构	锉削架　锉边（光）　轴锉纹　锉肩　锉把 边锉纹 标称长度(mm)　主锉纹	（1）锉刀由高碳工具钢 T12、T13等制成。 （2）锉齿是在剁锉机上剁出来的
2	锉刀的种类	齐头平锉刀　尖头平锉刀　矩形方锉刀	（1）锉刀按用途不同分为钳工锉、特种锉和整形锉（或称什锦锉）3 种。 （2）普通锉按截面形状不同分为平锉、方锉、圆锉、半圆锉和三角锉 5 种。

续表

序号	名称	图　示	说　明
2	锉刀的种类	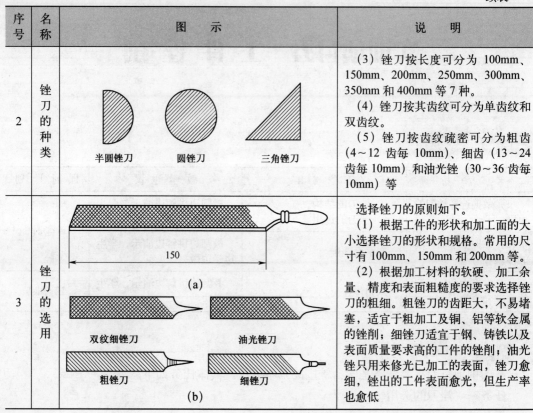半圆锉刀　　圆锉刀　　三角锉刀	（3）锉刀按长度可分为 100mm、150mm、200mm、250mm、300mm、350mm 和 400mm 等 7 种。 （4）锉刀按其齿纹可分为单齿纹和双齿纹。 （5）锉刀按齿纹疏密可分为粗齿（4～12 齿每 10mm）、细齿（13～24 齿每 10mm）和油光锉（30～36 齿每 10mm）等
3	锉刀的选用	150 （a） 双纹细锉刀　　　　油光锉刀 粗锉刀　　　　　细锉刀 （b）	选择锉刀的原则如下。 （1）根据工件的形状和加工面的大小选择锉刀的形状和规格。常用的尺寸有 100mm、150mm 和 200mm 等。 （2）根据加工材料的软硬、加工余量、精度和表面粗糙度的要求选择锉刀的粗细。粗锉刀的齿距大，不易堵塞，适宜于粗加工及铜、铝等软金属的锉削；细锉刀适宜于钢、铸铁以及表面质量要求高的工件的锉削；油光锉只用来修光已加工的表面，锉刀愈细，锉出的工件表面愈光，但生产率也愈低

任务二　窄平面锉削

一、任务引入

锉削尺寸为 95mm×45mm×10mm 的 45 钢板，达到如图 5-1 所示的要求。

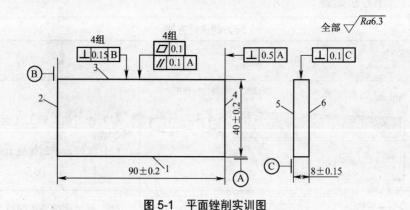

图 5-1　平面锉削实训图

二、任务实施

窄平面锉削的步骤和方法如表 5-2 所示。

表 5-2 平面锉削的步骤和方法

序号	步骤	图 示	说 明
1	划线	—	划线，使其符合图 5-1 的要求
2	夹持好工件		（1）工件应夹在台虎钳的中间位置，其凸出钳口的部分约为 15～20mm，且夹紧力应适当
			（2）夹持已精加工的表面时，必须用紫铜板等钳口垫铁，以防夹伤工件表面
		用V形钳口铁夹持圆柱形工件	（3）夹持不易夹持的工件时，要借助 V 形钳口铁等辅助工具
3	握好锉刀	(a) (b) (c)	（1）大锉刀的握法：右手拇指放在锉刀柄上面，右手掌心顶住木柄的尾端，其余的手指由下而上握着锉刀柄，如图（a）所示；左手可以有 3 种姿势，如图（b）所示
			（2）中型锉刀的握法：右手握中型锉刀的方法和握大锉刀的方法相同，左手只用大拇指和食指轻轻地捏住锉刀前端
			（3）小型锉刀的握法：右手食指伸直，拇指放在锉刀木柄上面，食指靠在锉刀的刀边；左手几个手指压在锉刀中部。对于更小的锉刀（什锦锉），一般只用右手拿着锉刀，食指放在锉刀上面，拇指放在锉刀的左侧

续表

序号	步骤	图　示	说　明
4	站立好	 (a) 身体向前倾 右腿伸直　左膝弯曲 (b)	（1）站立位置：操作者应面对虎钳站在虎钳中心线的一侧，如图（a）所示。 （2）站立姿势：两脚站稳，身体稍向前倾，重心放在左脚上，左膝弯曲，两肩自然放平，目视锉削面；右小臂与锉刀成一直线，并与锉削面平行；左小臂与锉削面基本保持平行，如图（b）所示
5	选择平面锉削方法		（1）顺向锉法：锉削时，锉刀沿着工件表面横向或纵向移动，锉削平面可得到直的锉痕，比较美观。此法适用于工件锉光、锉平或锉顺锉纹
			（2）交叉锉法：锉削时，锉刀以交叉的两个方向顺序地对工件进行锉削。由于锉痕是交叉的，容易判断锉削表面的不平程度，因此也容易把表面锉平。交叉锉法去屑较快，适用于平面的粗锉
			（3）推锉法：锉削时，两手对称地握着锉刀，用两大拇指推锉刀进行锉削。这种方式适用于较窄的表面且已锉平、加工余量较小的情况，以修正和减少表面粗糙度

续表

序号	步骤	图 示	说 明
6	推锉		（1）推锉时，锉刀向前推动，身体适当前移，重心落在左脚上；左膝逐渐弯曲，同时右腿逐渐伸直。 （2）当推进至 3/4 锉刀长度时，身体不再前移，此时靠锉削的反作用力使身体逐渐回移，左膝也随着减少弯曲度，同时两手臂继续推锉
7	回锉		（1）当推锉完成一次后，两手顺势将锉刀稍提高至锉削的表面后平行收回，此时两手不加力。 （2）当回锉动作结束后，身体仍然前倾，准备第 2 次锉削
8	注意两手的用力		（1）开始锉削时，左手加力要大，右手加力小而推力大。随着锉刀向前推进，左手的力逐渐减小，而右手的力逐渐增大。当锉刀推进至中间时，两手的力相同。随着锉刀向前推进，左手的用力进一步减小，而右手的用力进一步增大；推锉到最后阶段，左手只起扶锉的作用。 （2）回锉时不加力。 （3）锉削速度一般为每分钟 30～60 次。太快，操作者容易疲劳，且锉齿易磨钝；太慢，切削效率低
9	完成任务	—	边锉削边检查，直至符合图 5-1 的要求，最后卸下工件，将各种工具量具收好

任务三　六角体锉配

一、任务引入

锉配达到如图 5-2 所示的要求。

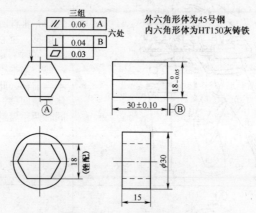

外六角形体为45号钢
内六角形体为HT150灰铸铁

图 5-2　六角体锉配实训图

二、任务实施

1．外六角形体锉削。外六角形体的锉削步骤和方法如表 5-3 所示。

表 5-3　　　　　　　　　　　　外六角形体的锉削步骤和方法

序号	步骤	图　示	说　明
1	测直径	—	用游标卡尺测量材料的实际直径
2	划线	(a)　(b)　(c)	(1) 将工件放在 V 形块上，调整中心位置，划出中心线（见图 (a)）。 (2) 划出两对边线（见图 (b)）。 (3) 划出各交点，打好样冲眼（见图 (c)）。注意，正反面都要打
3	锉第一面	$\phi 21_{-0.15}^{-0.10}$	粗、精锉第一面，要求平面度误差在 0.03mm 以内，与圆柱轴心线的距离为 $9_{-0.025}^{0}$ mm；B 面的垂直度误差在 0.04mm 以内
4	锉第一面的相对面		以第一面为基准，粗、精锉其相对面，要求平面度误差在 0.03mm 以内，与第一面的距离为 $18_{-0.05}^{0}$ mm，两平行度误差在 0.06mm 以内

续表

序号	步骤	图　示	说　明
5	锉第三面	(a)　　　　　120°　　　(b)	粗、精锉第 2 面，要求平面度误差在 0.03mm 以内，与圆柱轴心线的距离为 $9^{0}_{-0.025}$ mm，垂直度误差在 0.04mm 以内，与第一面的夹角为 120°，如图 (b) 所示
6	锉第三面的相对面		以第 3 面为基准，粗、精锉其相对面，要求平面度误差在 0.03mm 以内，与第 3 面的距离为 $18^{0}_{-0.05}$ mm，两平行度误差在 0.06mm 以内
7	锉第五面		粗、精锉第 5 面，要求平面度误差在 0.03mm 以内，与圆柱轴心线的距离为 $9^{0}_{-0.025}$ mm；B 面的垂直度误差在 0.04mm 以内，与第 1、2 面的夹角均为 120°
8	锉最后一面		以第五面为基准，粗、精锉其相对面，要求平面度误差在 0.03mm 以内，与第 3 面的距离为 $18^{0}_{-0.05}$ mm，两平行度误差在 0.06mm 以内
9	精度复检	—	作必要的修整锉削，将锐角边均匀倒棱

　（2）内六角形体锉削。内六角形体的锉削步骤和方法如表 5-4 所示。

表 5-4　　　　　　　　　　　内六角形体的锉削步骤和方法

序号	步骤	图　示	说　明
1	测直径	—	用游标卡尺测量材料的实际直径

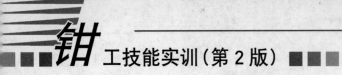

续表

序号	步骤	图　示	说　明
2	划线	(a) (b) (c)	(1) 将工件放在 V 形块上，调整中心位置，划出中心线（见图 (a)）。 (2) 划出两对边线（见图 (b)）。 (3) 划出各交点，打好样冲（见图 (c)），注意正反两面都要打
3	钻中心孔	—	选 ϕ16mm 钻头，钻中心孔
4	粗锉各面		粗锉内六角形体各面，至接近划线线条，使每边留有 0.1~0.2mm 的细锉余量。 (1) 先锉面 1，要求平直与大平面垂直
			(2) 锉面 4：要求与面 1 平行，尺寸为 17.8mm
		(a) (b)	(3) 锉面 2：要求与面 1 的夹角为 120°，如图 (b) 所示
		(a) (b)	(4) 锉面 5：要求与面 2 平行，尺寸为 17.8mm。 (5) 锉面 3、6：方法同上

续表

序号	步骤	图　示	说　明
5	细锉各面	—	用细锉刀锉削各面，方法与粗锉时相同

（3）试配。试配的步骤和方法如表 5-5 所示。

表 5-5　　　　　　　　　　　　　　试配步骤和方法

序号	步骤	图　示	说　明
1	试配		内、外六角形体加工好后，将外六角形体整体较紧地插入内六角形体中
2	修锉显示处	紧贴合地方	将外六角形体抽出，内、外六角形体贴合较紧处（显示处）应修锉
3	进一步修锉	还没有配合好　配合得没有隙缝　紧贴的地方	进一步试配和修锉，使外六角形体能整体无明显阻力地插入内六角形体中，且透光均匀

（4）作转位试配，按涂色显示进行修磨，达到互换配合要求。

（5）将各棱边均匀倒棱、打号，并用塞尺检查配合精度。

 相关知识

一、其他形式工件的锉削方法（见表5-6）

表 5-6　　　　　　　　　　　　　　其他形式工件的锉削方法

序号	方法	图　示	说　明
1	曲面的锉削方法	转动　沿弧面移动　推锉	（1）内曲面的锉削方法如下。 ① 选用圆锉或半圆锉。 ② 推锉时，锉刀向前运动的同时，还沿内曲面向左或向右移动，手腕作同步转动动作。 ③ 回锉时，两手将锉刀稍微提起放回原来位置

续表

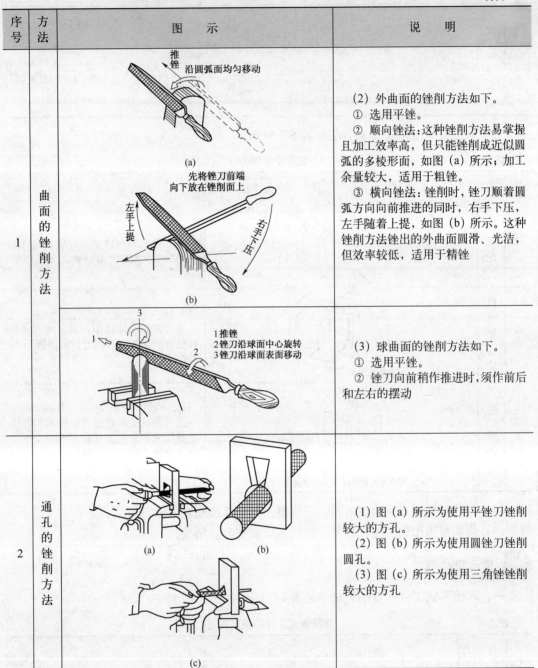

序号	方法	图　示	说　明
1	曲面的锉削方法	（a） （b）	(2) 外曲面的锉削方法如下。 ① 选用平锉。 ② 顺向锉法：这种锉削方法易掌握且加工效率高，但只能锉削成近似圆弧的多棱形面，如图（a）所示；加工余量较大，适用于粗锉。 ③ 横向锉法：锉削时，锉刀顺着圆弧方向向前推进的同时，右手下压，左手随着上提，如图（b）所示。这种锉削方法锉出的外曲面圆滑、光洁，但效率较低，适用于精锉
		（b）	(3) 球曲面的锉削方法如下。 ① 选用平锉。 ② 锉刀向前稍作推进时，须作前后和左右的摆动
2	通孔的锉削方法	（a）　　（b） （c）	(1) 图（a）所示为使用平锉刀锉削较大的方孔。 (2) 图（b）所示为使用圆锉刀锉削圆孔。 (3) 图（c）所示为使用三角锉锉削较大的方孔

二、锉削时常见的问题和预防方法（见表5-7）

表5-7　　　　　　　　　　锉削时常见的问题和预防方法

序号	常见问题	产生原因	预防方法
1	工件表面夹伤或变形	(1) 台虎钳未装软钳口。 (2) 夹紧力过大	(1) 夹持精加工的表面时要装软钳口 (2) 夹紧力要适当

续表

序号	常见问题	产生原因	预防方法
2	工件尺寸超差	（1）划线不准确。 （2）未及时测量尺寸或测量不准确	（1）按图样正确划线，并校对。 （2）经常测量，做到心中有数
3	工件表面粗糙度超差	（1）锉刀齿纹选用不当。 （2）锉纹中间嵌有的锉屑未及时清除。 （3）粗、精锉削加工余量选用不当。 （4）直角边锉削时未选用光边锉刀	（1）合理选用锉刀。 （2）及时清理锉屑。 （3）正确选用加工余量。 （4）直角边锉削时要选用光边锉刀
4	工件平面度超差（中凸、塌边或塌角）	（1）选用锉刀不当或锉刀面中凸。 （2）锉削时双手的推力、压力应用不协调。 （3）未及时检查平面度就改变锉削方法	（1）合理选用锉刀。 （2）锉削时双手的推力、压力应用要协调。 （3）经常测量，做到心中有数

 项目练习

1．锉削工件时的注意事项

① 锉刀必须装柄使用，以免刺伤手腕。松动的锉刀柄应装紧后再用。

② 不用嘴吹锉屑，不用手清除锉屑。当锉刀堵塞后，应用钢丝刷顺着锉纹方向刷去锉屑。

③ 对铸件上的硬皮或粘砂、锻件上的飞边或毛刺等，应先用砂轮磨去，然后锉削。

④ 锉削时不用手摸锉过的表面，因手上有油污，会导致再锉时打滑。

⑤ 锉刀不能用作撬棒或敲击工件，防止锉刀折断伤人。

⑥ 放置锉刀时，不要使其露出工作台面，以防锉刀跌落伤脚；也不能把锉刀与锉刀叠放，不可将锉刀与量具叠放。

2．平面锉削训练（见表5-2）

 项目评价

序号	考核内容	考核要求	配分	评分标准	检测结果	得分
1	实训态度	（1）不迟到，不早退。 （2）实训态度应端正	10	（1）迟到一次扣1分。 （2）旷课一次扣5分。 （3）实训态度不端正扣5分		
2	安全文明生产	（1）正确执行安全技术操作规程。 （2）工作场地应保持整洁。 （3）工件、工具摆放应保持整齐	6	（1）造成重大事故，按0分处理。 （2）其余违规，每违反一项扣2分		

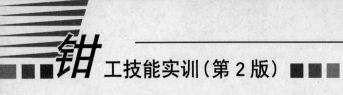

续表

序号	考核内容	考核要求	配分	评分标准	检测结果	得分
3	设备、工具、量具的使用	各种设备、工具、量具的使用应符合有关规定	4	（1）造成重大事故，按0分处理。 （2）其余违规，每违反一项扣1分		
4	操作方法和步骤	操作方法和步骤必须符合要求	30	每违反一项扣1~5分		
5	技术要求	符合图纸要求	50	每违反一项扣50分/总要求项目数		
6	工时	12学时		每超时5min扣2分		
7	合　计					
8	学习收获					
9	能力提升					
10	存在问题					
11	教师点评					

实训项目六　钻孔、扩孔和铰孔

项目描述

学 习 目 标	任 务 分 解	教 学 建 议	课时计划
（1）认识孔加工设备和工具	① 认识钻孔设备和工具。 ② 认识锪孔的工具。 ③ 认识铰刀的类型及使用	教师边讲解边演示，学生边学边做	1学时
（2）掌握钻孔和扩孔的方法	① 钻孔。 ② 扩孔	教师边讲解边演示，学生边学边做	3学时
（3）了解锪孔的步骤和方法	锪孔	教师边讲解边演示，学生边学边做	2学时
（4）熟悉铰孔的步骤和方法	铰孔	教师边讲解边演示，学生边学边做	2学时

项目实施

本实训项目的主要任务是学会钻、扩、锪、铰孔的步骤和方法，具体任务如下。

任务一　认识孔加工设备和工具

任务二　钻孔和扩孔

任务三　锪孔

任务四　铰孔

任务一　认识孔加工设备和工具

一、常用的钻孔设备和工具（见表6-1）

表6-1　　　　　　　　　　　常用的孔加工设备和工具

序号	名称	图　示	说　明
1	台式钻床	头架　V带塔轮 电动机 快紧手柄 主轴 进给手柄 立柱 转动工作台 固定工作台	台式钻床简称台钻，小巧灵活，使用方便，结构简单，主要用于加工小型工件上的$d \leqslant 12mm$的各种小孔。钻孔时，只要拨动进给手柄使主轴上下移动，就可实现进给和退刀

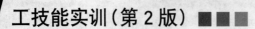

续表

序号	名称	图　示	说　明
1	立式钻床	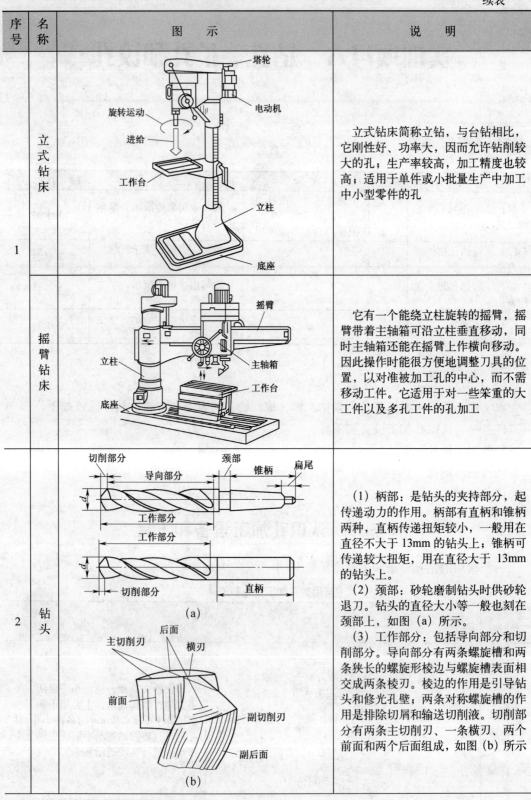	立式钻床简称立钻，与台钻相比，它刚性好、功率大，因而允许钻削较大的孔；生产率较高，加工精度也较高；适用于单件或小批量生产中加工中小型零件的孔
	摇臂钻床		它有一个能绕立柱旋转的摇臂，摇臂带着主轴箱可沿立柱垂直移动，同时主轴箱还能在摇臂上作横向移动。因此操作时能很方便地调整刀具的位置，以对准被加工孔的中心，而不需移动工件。它适用于对一些笨重的大工件以及多孔工件的孔加工
2	钻头	(a) (b)	(1) 柄部：是钻头的夹持部分，起传递动力的作用。柄部有直柄和锥柄两种，直柄传递扭矩较小，一般用在直径不大于 13mm 的钻头上；锥柄可传递较大扭矩，用在直径大于 13mm 的钻头上。 　　(2) 颈部：砂轮磨制钻头时供砂轮退刀。钻头的直径大小等一般也刻在颈部上，如图 (a) 所示。 　　(3) 工作部分：包括导向部分和切削部分。导向部分有两条螺旋槽和两条狭长的螺旋形棱边与螺旋槽表面相交成两条棱刃。棱边的作用是引导钻头和修光孔壁；两条对称螺旋槽的作用是排除切屑和输送切削液。切削部分有两条主切削刃、一条横刃、两个前面和两个后面组成，如图 (b) 所示

续表

序号	名称	图　示	说　明
3	钻夹头		钻夹头用于装夹直径在 13mm 以内的直柄钻头。钻夹头柄部是圆锥面，可与钻床主轴的内孔配合安装；头部 3 个爪可通过紧固扳手转动使其同时张开或合拢
4	普通钻头套		普通钻头套用于装夹锥柄钻头。钻套一端的孔安装钻头，另一端的外锥面接钻床主轴的内锥孔
5	快换钻头套		换刀时，只要将滑套向上提起，钢珠受离心力的作用而贴于滑套端部的大孔表面，使换套筒不再受钢珠的卡阻；此时另一只手可把装有刀具的可换套筒取出，然后再把另一个装有刀具的可换套装上去。放下滑套，两粒钢珠重新卡入夹头体一起转动。这样可大大减少换刀的时间

二、锪孔的工具（见表6-2）

表 6-2　　　　　　　　　　　　锪孔的工具

序号	名称	图　示	说　明
1	柱形锪孔钻头		（1）用于锪柱形埋头孔。 （2）由端面切削刃（主切削刃）、外圆切削刃（副切削刃）和导柱等组成，也可由麻花钻改制而成

续表

序号	名称	图 示	说 明
2	锥形锪孔钻头		(1) 用于锪圆锥孔。 (2) 其锥角多为90°，有4~12个齿
			可由麻花钻改制而成
3	端面锪孔钻头		(1) 用于锪平孔端面。 (2) 其端面刀齿为切削刃，前端导柱用来定心、导向，以保证加工后的端面与孔中心线垂直

三、铰刀的类型及使用（见表6-3）

表6-3　　　　　　　　　　铰刀的类型及使用

序号	名称	图 示	说 明
1	整体圆柱铰刀		(1) 用来铰制标准系列的孔。 (2) 它由工作部分、颈部和柄部组成。工作部分包括引导部分、切削部分和校准部分。 (3) 引导部分（l_1）的作用是便于铰刀开始铰削时放入孔中，并保护切削刃。 (4) 切削部分（l_2）的作用是承受主切削力。 (5) 校准部分（l_3）的作用是引导铰孔方向和校准孔的尺寸。 (6) 颈部的作用是在磨制铰刀时退刀。 (7) 柄部的作用是装夹工件和传递转矩。直柄和锥柄用于机用铰刀，而直柄带方榫，用于手用铰刀

续表

序号	名称	图　示	说　明
2	可调手铰刀		(1) 在单件生产和修配工作中用于铰削非标孔。 (2) 刀体一般用45#钢制作，直径小于或等于 12.75mm 的刀齿条用合金钢制成，而直径大于12.75mm 的刀齿条用高速钢制成。 (3) 刀体上开有 6 条斜底槽，具有相同斜度的刀齿条嵌在槽内，并用两端螺母压紧固定用。 (4) 调节两螺母可使铰刀齿条在槽中沿着斜槽移动，从而改变铰刀直径。 (5) 标准可调手铰刀的直径范围为 6～54mm
3	螺旋槽手铰刀		(1) 用于铰削带有键槽的圆柱孔。 (2) 螺旋槽方向一般为左旋，这样可避免铰削时因铰刀顺时针转动而产生自动旋进现象。左旋的切削刃还能将铰下的切屑推出孔外

任务二　钻孔和扩孔

一、钻孔

（一）任务引入

在尺寸为 90mm×40mm×8mm 的 45 钢板上钻孔，达到如图 6-1 所示的效果要求。

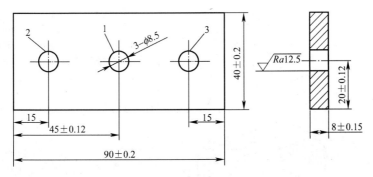

图 6-1　钻孔实训图

（二）任务实施

钻孔的步骤和方法如表 6-4 所示。

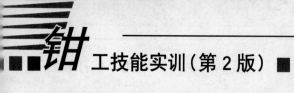

表6-4   钻孔的步骤和方法

序号	步骤	图　示	说　明
1	划线	—	钻孔前先划线，确定孔的中心，在孔中心用样冲打出较大的中心眼
2	装夹好工件		（1）用平口钳装夹工件：平整的工件可用平口钳装夹。装夹时，应使工件表面与钻头垂直。而当钻孔直径大于8mm时，须将平口钳用螺栓压板固定。用台虎钳夹持工件进行钻孔时，工件底部应垫上垫铁，应空出落钻部位，以免钻伤台虎钳
			（2）用V形铁装夹工件：圆柱形工件可用V形铁装夹，但必须使钻头轴心线与V形铁的两斜面的对称平面重合，并要牢牢夹紧
			（3）用压板装夹工件：对于大的工件可用压板螺钉装夹。拧紧时，应先将每个螺钉预紧一遍，然后再拧紧，以免工件产生位移或变形
			（4）用角铁装夹工件：对于底面不平或加工基准在侧面的工件，可用角铁装夹，并且角铁必须用压板固定在钻床工作台上
			（5）用卡盘装夹工件：在圆柱形工件的端面钻孔时，可用三爪卡盘装夹

续表

序号	步骤	图 示	说 明
3	装好钻头		(1) 直柄钻头的安装。 ① 将钻夹头松开到适当的开度。 ② 把钻头柄部放在 3 个卡爪内,其夹持长度不能小于 15mm。 ③ 用钻夹头钥匙旋转外套,使螺母带动 3 只卡爪移动,直至夹紧为止
			(2) 锥柄钻头的安装。 ① 擦净过渡套,并将其装好。 ② 选好钻头,并利用加速冲击力一次装好
4	钻中心孔	—	应先钻一个浅坑,以判断是否对中
5	选择切削用量	—	切削用量是切削加工过程中切削速度、进给量和背吃刀量的总称。可查阅相关手册进行确定
6	打开冷却液	—	(1) 钻削钢件时常用的冷却液是机油或乳化液。 (2) 钻削铝件时常用的冷却液是乳化液或煤油。 (3) 钻削铸铁时常用的冷却液是煤油
7	钻孔	—	(1) 钻通孔时,当孔将被钻透时,进刀量要减小。 (2) 钻不通的孔时,可按钻孔深度调正挡块,并通过测量实际尺寸来控制深度。 (3) 钻深孔时,一般钻进深度达到直径的 3 倍时,钻头要退出排屑;以后每钻一定深度,钻头即退出排屑一次,以免扭断钻头。

续表

序号	步骤	图 示	说 明
7	钻孔	—	（4）钻削直径大于 30mm 的孔时应分两次钻，第一次先钻一个直径为加工孔径 0.5~0.7 倍的孔，第二次用钻头将孔扩大到所要求的直径
8	完成任务	—	钻孔结束后，卸下工件，将各种工具量具收好

二、扩孔

扩孔的方法如表 6-5 所示。

表 6-5　　　　　　　　　　　扩孔的方法

序号	方法	图 示	说 明
1	用麻花钻扩孔		（1）常用于修磨的麻花钻可当扩孔钻使用。 （2）钻削直径大于 30mm 的孔时，先钻一个直径为要加工的孔径 0.5~0.7 倍的孔。扩孔时，切削速度约为钻孔的 1/2，进给量约为 1.5~2 倍
2	用扩孔钻扩孔		（1）大批量扩孔须用扩孔钻进行加工。 （2）钻孔后，在不改变工件和机床主轴相互位置的情况下，换上扩孔钻即可进行扩孔。 （3）对铸铁、锻件进行扩孔时，可先用镗刀镗出一段直径与扩孔钻相同的导向孔，这样可使扩孔钻在一开始就有较好的导向，而不致随原有的不正确的孔偏斜。 （4）也可用钻套导向进行扩孔

任务三　锪　孔

一、任务引入

在钻削后带孔的 90mm×40mm×8mm 钢板上锪孔，达到如图 6-2 所示的要求。

56

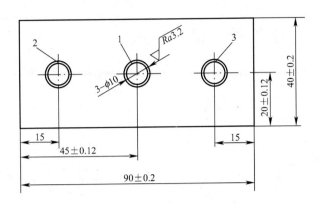
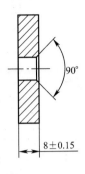

图 6-2 锪孔实训图

二、任务实施

锪孔的步骤和方法如表 6-6 所示。

表 6-6 锪孔的步骤和方法

序号	步骤	图　示	说　明
1	夹好工件	—	完成钻孔后，工件不必卸下，可直接进行锪孔
2	锥孔的锪削		(1) 用麻花钻改制钻头锪削锥孔。 ① 钻出符合要求的孔。 ② 用麻花钻改制钻头锪削锥孔
			(2) 用锥形锪孔钻头锪削锥孔。 ① 钻出符合要求的孔。 ② 用专用锥形锪孔钻头锪削锥孔
3	完成任务	—	锪孔结束后，卸下工件，将各种工具量具收好

任务四 铰 孔

一、任务引入

铰削孔 2、3，达到如图 6-3 所示的效果要求。

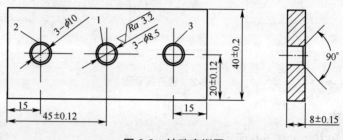

图 6-3 铰孔实训图

二、任务实施

铰孔的步骤和方法如表 6-7 所示。

表 6-7 铰孔的步骤和方法

序号	步骤	图 示	说 明
1	夹好工件	—	将钻（扩）孔后的工件固定好
2	检查铰刀		用棉纱布将铰刀擦干净，观察切削刃，如有毛刺等切屑粘附，可用油石小心地磨去
3	选择铰刀	—	（1）铰刀直径的基本尺寸=被加工孔的基本尺寸。 （2）上偏差=2/3 被加工孔的公差。 （3）下偏差=1/3 被加工孔的公差
4	选择铰削量	—	见表 6-8
5	选择切削液	—	见表 6-9

续表

序号	步骤	图　示	说　明
6	选择机铰切削速度	—	见表 6-10
7	起铰		手工起铰时，可用右手沿铰刀轴线方向加压，左手转动大约 2~3 圈
8	正常铰孔和退刀		（1）正常铰孔时，两手用力要均匀，铰杠要放平，旋转速度要均匀、平稳，不得摇动铰刀。 （2）退刀时，不允许反转铰刀，应按切削方向旋转向上提刀，以免刃口磨钝或切屑嵌入刀具后面与孔壁间，避免将孔壁划伤
9	排屑		铰孔时必须常取出铰刀用毛刷清屑，以防止切屑粘附在切削刃上划伤孔壁
10	锥孔的铰削		铰削定位锥孔时，两配合零件应位置正确，铰削时要经常用相配的锥销来检验铰孔尺寸，以防止将孔铰深
11	在钻床上铰孔		（1）工件夹紧在工作台上，钻床主轴孔内安装顶针。 （2）落下主轴，用顶针校对孔中心与顶针的同心度。 （3）先用手铰引导铰刀，再开动钻床铰孔

续表

序号	步骤	图　示	说　明
12	完成任务	—	铰孔完成后卸下工件,将各种工具和量具收好

表 6-8　　　　　　　　　　　铰削量的选择表

铰孔直径/mm	<5	5～20	21～32	33～50
铰孔余量/mm	0.1～0.2	0.2～0.3	0.3	0.5

表 6-9　　　　　　　　　　　切削液的选用对照表

加工材料	切　削　液
铜	乳化液
铝	煤油
钢	(1) 10%～20%乳化液。 (2) 铰孔要求高时,用30%的菜油和70%肥皂水。 (3) 铰孔要求更高时,用菜籽油、柴油和猪油等
铸铁	一般不用

表 6-10　　　　　　　　　　高速钢铰刀铰孔切削速度

加工材料	切削速度（m/min）	进给量（mm/r）
铸铁	≤10	0.8
钢	≤8	0.4

 相关知识

一、钻头的拆卸（见表6-11）

表 6-11　　　　　　　　　　　钻头的拆卸

序号	步骤	图　示	说　明
1	直柄钻头的拆卸		用钻夹头上的钥匙旋转外套,使卡爪退回至与卡头下端平齐,钻头自然落下

续表

序号	步骤	图　示	说　明
2	钻夹头的拆卸	软垫	（1）使钻具下端与工作台面上的衬垫距离保持约 20mm。 （2）将楔铁插入主轴孔内，用锤子轻轻敲击楔铁，即可取下钻夹头
3	锥柄钻头的拆卸	钻床主轴　楔铁　过渡套筒　拆卸时敲击	（1）将斜铁插入主轴上的腰形孔内，但斜铁带圆弧的一边放在上面。 （2）用锤子敲击斜铁，钻头与主轴就可分离

二、钻头的刃磨

1．标准麻花钻头的结构要素（见表 6-12）

表 6-12　　　　　　标准麻花钻头的结构要素

序号	名称	图　示	说　明
1	顶角 2φ	横刃	顶角是钻头两主切削刃在其平面 M-M 上的投影所夹的角。标准麻花钻的顶角为 $118° \pm 2°$
2	后角 α_f		后角是后面与切削平面之间的夹角
3	横刃斜角 ψ_0		横刃斜角是横刃与主切削刃在垂直于钻头轴线的平面上的投影所夹的角。标准麻花钻的横刃斜角 ψ_0 为 $50° \sim 55°$
4	前角 γ_0		主切削刃上任意的前角是这一点的基面与前面之间的夹角

61

续表

序号	名称	图 示	说 明
5	副后角		副后角是副削刃上的副后面与孔壁切线之间的夹角。标准麻花钻的副后角为 0°
6	螺旋角 β		螺旋角是主切削刃上最外缘处螺旋线的切线与钻头轴心线之间的夹角。当钻头直径大于 10mm 时，β=30°；当钻头直径小于 10mm，β=18°~30°

2.通用麻花钻的主要几何参数（见表 6-13）

表 6-13 通用麻花钻的主要几何参数

钻头直径 d/mm	螺旋角	后角	顶角	横刃斜角
0.36~0.49	20°	26°	118°	40°~60°
0.50~0.70	22°	24°		
0.72~0.98	23°	24°		
1.00~1.95	24°	22°		
2.00~2.65	25°	20°		
2.70~3.30	26°	18°		
3.40~4.70	27°	16°		
4.80~6.70	28°	16°		
6.80~7.50	29°	16°		
7.60~8.50	29°	14°		
8.60~18.00	30°	12°		
18.25~23.00	30°	10°		
23.25~100	30°	8°		

3.加工不同材料时麻花钻头的几何角度（见表 6-14）

表 6-14 加工不同材料时麻花钻头的几何角度

加 工 材 料	螺 旋 角	后 角	顶 角	横 刃 斜 角
一般材料	20°~32°	12°~15°	116°~118°	35°~45°
一般硬材料	20°~32°	6°~9°	116°~118°	25°~35°
铝合金（通孔）	17°~20°	12°	90°~120°	35°~45°
铝合金（深孔）	32°~45°	2°	118°~130°	35°~45°
软黄铜和青铜	10°~30°	12°~15°	118°	35°~45°
硬青铜	10°~30°	5°~7°	118°	25°~35°

4．标准麻花钻头的刃磨（见表 6-15）

表 6-15　　　　　　　　　　标准麻花钻头的刃磨

序号	名称	图　示	说　明
1	握住钻头	—	右手握住钻头的导向部分前端，作为定位支点；左手握住钻头的柄部
2	钻头位置	—	钻头的中心线和砂轮面成 ϕ 角，被刃磨部分的主切削刃处于水平位置
3	刃磨		（1）开始刃磨时，钻头轴心线要与砂轮中心水平线一致，主切削刃保持水平，同时用力要轻。 （2）随着钻尾向下倾斜，钻头绕其轴线向上逐渐旋转 15°～30°，使后面磨成一个完整的曲面。 （3）旋转钻头时加在砂轮上的力也逐渐增加，返回时压力逐渐减小。 （4）刃磨一、二次后，旋转 180°再刃磨另一面
4	钻头的热处理	—	刃磨时，要适时将钻头浸入水中冷却，以防止因过热退火而降低了钻头的硬度
5	砂轮的选择	—	一般采用粒度为 F46～F80、硬度为中软级的氧化铝砂轮为宜。砂轮旋转必须平稳，对跳动大的砂轮必须进行修磨
6	刃磨的检验		（1）样板法：钻头的几何角度和两主切削刃的对称等要求，可用检验样板进行检验

续表

序号	名称	图　　示	说　　明
6	刃磨的检验		（2）目测法：把钻头竖立在眼前，双目平视，背景要清晰。由于两主切削刃一正一反会产生视差，往往感到左刃高而右刃低，因此要旋转180°后反复观察几次，如果结果一样，就说明是对称的

三、其他形式孔的锪削方法（见表6-16）

表 6-16　　　　　　　　　　　　　其他形式孔的锪削方法

序号	形式	图　　示	说　　明
1	柱形埋头孔的锪削		（1）用麻花钻改制的钻头锪削柱形埋头孔。 ① 钻出台阶孔作导向。 ② 用麻花钻改制成的不带导柱的柱形锪孔钻头锪削埋头孔
			（2）用柱形锪孔钻头锪削柱形埋头孔。 ① 钻出台阶孔作导向。 ② 用柱形锪孔钻头锪削出埋头孔
2	孔端面的锪削		（1）孔的大平面的锪削。 ① 钻出符合要求的孔。 ② 安装锪刀刀片。 ③ 装导向套。 ④ 转动刀杆，锪削孔的大平面
			（2）孔的小平面的锪削。 ① 钻出符合要求的孔。 ② 安装锪刀刀片。 ③ 装导向轴。 ④ 转动刀杆，锪削孔的小平面

续表

序号	形式	图　示	说　明
2	孔端面的锪削		（2）孔下端面的锪削。 ① 钻出符合要求的孔。 ② 先将刀杆插入工件孔内，然后用螺钉拧紧刀片，进行锪削

四、麻花钻钻孔时常见的问题和预防方法（见表6-17）

表 6-17　　　　　　　　　　麻花钻钻孔时常见的问题和预防方法

序号	常见问题	产生原因	预防方法
1	孔径增大、误差大	（1）钻头左右切削刃不对称，摆动大。 （2）钻头横刃太长。 （3）钻头刃口崩刃。 （4）钻头刃带上有积屑瘤。 （5）钻头弯曲。 （6）进给量太大。 （7）钻床主轴摆动太大或松动	（1）刃磨时要保证钻头左右切削刃对称，保证摆动在允许范围。 （2）修磨横刃，使其符合要求。 （3）更换钻头。 （4）用油石修整钻头刃。 （5）校正或更换钻头。 （6）降低进给量。 （7）调整或维修钻床
2	孔径小	钻头刃带严重磨损	更换钻头
3	钻孔位置偏移或歪斜	（1）工件安装不正确，工件表面与钻头不垂直。 （2）钻头横刃太长，引起定心不良，起钻过偏而没有校正。 （3）钻床主轴与工作台不垂直。 （4）进刀过于急躁，未试钻，未找正。 （5）工件紧固不牢，引起工件松动；或工件有砂眼。 （6）工件划线不正确。 （7）工件安装时，安装接触面上的切屑未清除干净	（1）要正确安装工件和钻头。 （2）修磨横刃，使其符合要求。 （3）调整钻床主轴。 （4）进刀时一定要试钻并找正。 （5）工件要紧固。 （6）工件划线后一定要校对。 （7）工件安装时，安装接触面上的切屑要清除干净
4	孔壁粗糙	（1）钻头已磨钝。 （2）后角太大。 （3）进给量太大。 （4）切削液选择不当或供应不足。 （5）钻头过短、排屑槽堵塞	（1）应将钻头磨锋利。 （2）后角选用要合适。 （3）降低进给量。 （4）切削液选择要适当，并且供应要足。 （5）更换钻头

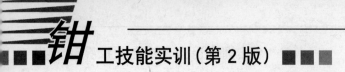

续表

序号	常见问题	产生原因	预防方法
5	钻头工作部分折断	(1) 用磨钝的钻头钻孔。 (2) 进刀量太大。 (3) 切屑堵塞。 (4) 钻孔快穿通时，未减小进给量。 (5) 工件松动。 (6) 钻薄板或铜料时未修磨钻头，钻头后角太大，前角又小，没有修磨造成扎刀。 (7) 钻孔已偏斜而强行校正。 (8) 钻削铸铁时，遇到缩孔。 (9) 切削液选择不当或供应不足	(1) 应将钻头磨锋利。 (2) 减小进给量和切削速度。 (3) 排屑要通畅。 (4) 钻孔快穿通时，要减小进给量。 (5) 工件要夹紧。 (6) 要选择合适的钻头。 (7) 起钻时一定要校正。 (8) 对估计有缩孔的铸件要减少进给量。 (9) 切削液选择要适当，并且供应要足

五、扩孔钻扩孔时常见的问题和预防方法（见表6-18）

表 6-18　　　　　　　　扩孔钻扩孔时常见的问题和预防方法

序号	常见问题	产生原因	预防方法
1	孔的位置精度超差	(1) 导向套配合间隙太大。 (2) 主轴与导向套同轴度误差大。 (3) 主轴轴承松动	(1) 调整导向套配合间隙。 (2) 校正机床与导向套位置，使其同轴度在规定范围。 (3) 调整主轴轴承间隙
2	孔表面粗糙	(1) 切削用量过大。 (2) 切削液选择不当或供应不足。 (3) 扩孔钻过度磨损	(1) 适当降低切削用量。 (2) 切削液选择要适当，并且供应要足。 (3) 更换钻头
3	孔径增大	(1) 扩孔钻切削刃摆差大。 (2) 扩孔钻刃崩刃。 (3) 扩孔钻刃带上有切屑瘤。 (4) 安装扩孔钻时，锥柄表面未清理干净	(1) 刃磨时要保证扩孔钻切削刃摆差在规定的范围。 (2) 更换扩孔钻。 (3) 用油石修磨。 (4) 安装扩孔钻时，锥柄表面要清理干净

六、锪孔时常见的问题和预防方法（见表6-19）

表 6-19　　　　　　　　锪孔时常见的问题和预防方法

序号	常见问题	产生原因	预防方法
1	表面粗糙度差	(1) 锪孔钻头磨损。 (2) 切削液选用不当	(1) 刃磨锪钻。 (2) 更换成合适的切削液
2	平面呈凹凸形	锪钻切削刃与刀杆旋转轴线不垂直	正确刃磨和安装锪钻
3	锥面、平面呈多角形	(1) 切削液选用不当。 (2) 切削速度太高。 (3) 工件或锪钻装夹的不牢固。 (4) 锪钻前角太大，有扎刀现象	(1) 更换合适的切削液。 (2) 选用合适的切削速度。 (3) 装牢锪钻。 (4) 正确刃磨锪钻

七、铰孔时常见的问题和预防方法（见表6-20）

表 6-20　　　　　　　　　　铰孔时常见的问题和预防方法

序号	常见问题	产生原因	预防方法
1	孔径过大	（1）选错了铰刀。 （2）手工铰孔时两手用力不均匀，铰刀有晃动。 （3）铰锥孔时，未常用锥销试配、检查。 （4）机铰时铰刀与孔轴线不重合，铰刀偏摆过大。 （5）切削速度过高	（1）更换铰刀。 （2）手工铰孔时，两手用力要平衡，旋转的速度要均匀，铰杠不得有摆动。 （3）铰削时要经常用相配的锥销来检验铰孔尺寸。 （4）机铰时铰刀与孔轴线要调整重合。 （5）应合理选用切削速度
2	孔径过小	（1）铰刀磨钝。 （2）铰削铸铁时加煤油，造成孔的收缩	（1）刃磨铰刀。 （2）铰削铸铁时不允许加煤油
3	内孔不圆	（1）铰刀过长，刚性不足，铰削时产生振动。 （2）铰刀主偏角过小。 （3）铰孔余量偏，不对称。 （4）铰刀刃带窄	（1）安装铰刀时应采用刚性连接。 （2）增大主偏角。 （3）铰孔余量要正，并要对称。 （4）更换合适的铰刀
4	内孔表面粗糙	（1）铰削余量不均匀或太小，局部表面未铰到。 （2）铰刀切削部分摆差超差，刃口不锋利，表面粗糙。 （3）切削速度太高。 （4）切削液选得不合适。 （5）铰孔排屑不良	（1）提高铰孔前底孔的位置精度和质量，或增加铰孔余量。 （2）更换合格的铰刀。 （3）选用合适的切削速度。 （4）要选用合适的切削液。 （5）改善排屑方法

 项目练习

一、钻孔训练

（一）钻孔时的注意事项

（1）样冲要打正。

（2）在钻孔时，不允许戴手套操作。

（3）钻孔时，身体不要距离主轴太近。

（4）夹紧面要平整清洁，工件要装夹牢固。

（5）装卸钻头时要用专用钥匙，不可用扁铁敲击。

（6）钻头用钝后要及时刃磨。

（二）钻通孔训练（见图 6-1 和表 6-4）

二、锪孔训练

（一）锪孔时的注意事项

（1）锪孔时不允许戴手套。

（2）锪孔切削速度应比钻孔时低，一般为钻孔速度的 $1/3 \sim 1/2$。

（3）当锪孔表面出现多角形振纹时，应停止加工，并将钻头切削刃进行刃磨。

（4）锪孔时刀具容易振动，特别是使用麻花钻改制的锪钻时，会使锪端面或锥面产生振痕，影响锪削质量。所以要使其后角和外缘处前角适当减小，使两切削刃对称，保持平稳。

（5）锪钻的刀杆和刀片装夹要牢固，工件要夹稳。

（6）锪削钢件时，要在导柱和切削表面加机油或牛油润滑。

（二）锥孔的锪削训练（见图6-2和表6-6）

三、铰孔训练

（一）铰孔时的注意事项

（1）工件要夹正，夹紧力要适当，以防止工件变形。

（2）手工铰孔时，两手用力要平衡，旋转的速度要均匀，铰杠不得有摆动。

（3）铰削进给时，不要用过大的力压铰杠，而应随着铰刀旋转轻轻地加压，使铰刀缓慢地引伸进入孔内，并均匀进给，以保证孔的加工质量。

（4）要注意变换铰刀每次停歇的位置，以消除铰刀在同一处停歇所造成的振痕。

（5）铰刀在铰削时或退刀时都不允许反转，否则会拉毛孔壁，甚至使铰刀崩刃。

（6）铰削定位孔时，两配合零件位置应正确，铰削时要经常用相配的锥销来检验铰孔尺寸，以防止将孔铰深。

（7）机铰时，要注意机床主轴、铰刀和工件孔三者同轴度是否符合要求。

（8）机铰时，开始采用手动进给，铰刀切削部分进入孔内后再改用自动进给。

（9）机铰盲孔时，应经常退刀，清除刀齿和孔内的切屑，以防止切屑刮伤孔壁。

（10）机铰通孔时，铰刀校准部分不能全部铰出，以免将孔的出口处刮环。

（11）在铰削过程中，必须注足切削液。

（12）机铰结束后，铰刀应退出孔外后再停机，否则会拉伤孔壁。

（二）手工铰孔训练（见图6-3和表6-7）

项目评价

序号	考核内容	考核要求	配分	评分标准	检测结果	得分
1	实训态度	（1）不迟到，不早退。（2）实训态度应端正	10	（1）迟到一次扣1分。（2）旷课一次扣5分。（3）实训态度不端正扣5分		
2	安全文明生产	（1）正确执行安全技术操作规程。（2）工作场地应保持整洁。（3）工件、工具摆放应保持整齐	6	（1）造成重大事故，按0分处理。（2）其余违规，每违反一项扣2分		
3	设备、工具、量具的使用	各种设备、工具、量具的使用应符合有关规定	4	（1）造成重大事故，按0分处理。（2）其余违规，每违反一项扣1分		

续表

序号	考 核 内 容	考 核 要 求	配分	评 分 标 准	检测结果	得分
4	操作方法和步骤	操作方法和步骤必须符合要求	30	每违反一项扣1~5分		
5	技术要求	符合图纸要求	50	每违反一项扣50分/总要求项目数		
6	工时	4学时		每超时5min扣2分		
7	合　计					
8	学习收获					
9	能力提升					
10	存在问题					
11	教师点评					

实训项目七　攻螺纹和套螺纹

 项目描述

学 习 目 标	任 务 分 解	教 学 建 议	课 时 计 划
（1）认识攻螺纹和套螺纹的常用工具	① 认识攻螺纹的常用工具。② 认识套螺纹的常用工具	教师边讲解边演示，学生边学边做	0.5 学时
（2）学会攻螺纹	攻螺纹	教师边讲解边演示，学生边学边做	1.5 学时
（3）学会套螺纹	套螺纹	教师边讲解边演示，学生边学边做	2 学时

 项目实施

本实训项目的主要任务是学会攻螺纹和套螺纹的方法，具体任务如下。

任务一　认识攻螺纹和套螺纹的常用工具

任务二　攻螺纹

任务三　套螺纹

任务一　认识攻螺纹和套螺纹的常用工具

一、攻螺纹常用的工具（见表7-1）

表 7-1　　　　　　　　　　　常用的攻螺纹工具

序号	名称	图　示	说　明
1	丝锥	工作部分　柄部 切削部分　校准部分　方榫	（1）用来加工较小直径内螺纹的成形刀具。 （2）按牙的粗细不同，可分为粗牙丝锥和细牙丝锥。 （3）按攻丝的驱动力不同，可分为手用丝锥和机用丝锥。通常 M6～M24 的手用丝锥一套为 2 支，分别称为头锥和二锥；M6 以下及 M24 以上的一套有 3 支，即头锥、二锥和三锥

续表

序号	名称	图 示	说 明
2	铰杠	 (a) (b) (c)　　(d)	（1）铰杠用来夹持和转动丝锥。 （2）常用的是可调式铰杠，如图（c）所示。旋转手柄即可调节方孔的大小，以便夹持不同尺寸的丝锥。 （3）铰杠长度应根据丝锥的尺寸大小进行选择，以便控制攻螺纹时的扭矩，防止丝锥因施力不当而扭断

二、常用的套螺纹工具（见表7-2）

表 7-2　　　　　　　　　　　常用的套螺纹工具

序号	名称	图 示	说 明
1	圆板牙		（1）用于加工外螺纹。 （2）其外形像一个圆螺母，其外圆上有四个锥坑和一条U形槽，4个锥坑用于定位和紧固板牙。内孔上面钻有3~4个排屑孔，合并形成刀刃
2	圆板牙架		（1）用于夹持板牙、传递扭矩。 （2）不同外径的板牙应选用不同的板牙架
3	活络管子板牙		4块为1组，镶嵌在可调的管子板牙架内，用来套管子外螺纹

续表

序号	名称	图　示	说　明
4	管子板牙架	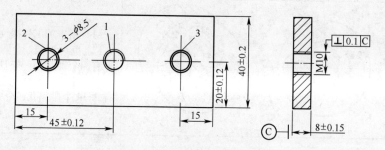	用来夹持活络管子板牙，传递扭矩

任务二　攻螺纹

一、任务引入

手工对孔 1 进行攻丝，达到如图 7-1 所示的要求。

图 7-1　手工攻螺纹实训图

二、任务实施

手工攻螺纹的步骤和方法如表 7-3 所示。

表 7-3　　　　　　　　　　手工攻螺纹的步骤和方法

序号	项目	图　示	说　明
1	确定底孔直径	—	底孔的直径可查阅手册获取或按下面的经验公式计算。 （1）在脆性材料（如铸铁、黄铜、青铜等）上攻普通螺纹时，钻头直径 $d_0=d-1.1p$，d 为螺纹外径，p 为螺距。 （2）在塑性材料（如钢、可锻铸铁、纯铜等）上攻普通螺纹时，钻孔直径 $d_0=d-p$

序号	项目	图　示	说　明
2	确定钻孔深度	—	攻不通孔（盲孔）的螺纹时，因丝锥不能攻到底，所以孔的深度要大于螺纹的长度。盲孔的深度=所需螺纹的深度+0.7d，d为螺纹外径
3	钻底孔	—	按钻孔方法进行钻孔
4	孔口倒角	—	（1）攻螺纹前要在钻孔的孔口进行倒角，以利于丝锥的定位和切入。 （2）倒角的深度应大于螺纹的螺距
5	装夹工件	—	工件装夹时，要使孔中心垂直于钳口，以防止螺纹攻歪
6	选择丝锥	—	根据工件上螺纹孔的规格，正确选择丝锥，先头锥后二锥，不可颠倒使用
7	检查丝锥垂直度		旋入1~2圈后，要检查丝锥是否与孔端面垂直，如果发现不垂直，应立即校正至垂直
8	正常攻螺纹	向前　稍后退　继续向前	当切削部分已切入工件后，每转1~2圈应反转1/4圈，以便切屑碎断和排出。同时不能再施加压力，以免丝锥崩牙或攻出的螺纹齿较瘦

续表

序号	项目	图 示	说 明
9	用二、三锥攻丝	—	攻丝时，必须按头锥、二锥和三锥的顺序攻至标准尺寸。在较硬的材料上攻丝时，可轮换各丝锥交替攻丝，以减小切削部分的负荷，防止丝锥折断
10	排屑	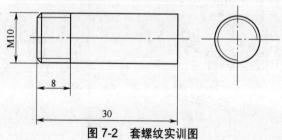	攻不通螺孔时，丝锥上要做好深度标记，并经常退出丝锥，清除切屑。当工件不便倒向清屑时，可用弯曲的小管子吹出切屑，或用磁性针棒吸出切屑
11	加切削液	—	见表7-4
12	完成任务	—	攻螺纹完成后卸下工件，将各种工具量具收好

表7-4　　　　　　　　　　　切削液的选用

被攻材料	铸件	钢件	铝、紫铜
润滑油	煤油	机油	乳化液

任务三　套螺纹

一、任务引入

在一根直径为 9.8mm、长度为 30mm 的 45 钢的圆棒料上套螺纹，达到如图 7-2 所示的效果要求。

图 7-2　套螺纹实训图

二、任务实施

套螺纹的步骤和方法如表 7-5 所示。

表 7-5　　　　　　　　　　　　　　套螺纹的步骤和方法

序号	项目	图　　示	说　　明
1	确定圆杆直径	—	（1）圆杆直径应稍小于螺纹的公称尺寸，圆杆直径可查表或按经验公式计算。 （2）经验公式：$d_{杆}$（圆杆直径）$= d$（螺纹外径）$- 0.13p$（螺距）
2	圆杆端部的倒角	15°~20°	套丝前圆杆端部应倒角，使板牙容易对准工件中心，同时也容易切入。倒角长度应大于一个螺距，斜角为 15°~20°
3	装夹工件		装夹工件时，一般用 V 形铁或厚铜衬垫将工件夹紧，并使圆杆轴线垂直于钳口，防止螺纹套歪
4	选择板牙	—	根据要求选好圆板牙
5	开始套螺纹		开始套螺纹时，一手用手掌按住铰杠中部，沿圆杆轴向方向施加压力；另一只手配合按要求方向切进，动作要慢，压力要大
6	检查垂直度		在板牙套出 2~3 牙时，要及时检查圆板牙端面与圆杆轴线的垂直度，并及时纠正

续表

序号	项目	图　示	说　明
7	套螺纹	—	套出 3～4 牙后，可只转动而不加压，让板牙依靠螺纹自然引进，以免损坏螺纹和板牙
8	排屑		在套螺纹的过程中也应经常反转 1/4～1/2 圈，以便断屑
9	冷却	—	在钢制圆杆上套丝时要加机油或浓的乳化液进行润滑冷却，要求高时可用菜油或二硫化钼
10	完成任务	—	套螺纹完成后卸下工件，将各种工具量具收好

相关知识

一、螺纹的基本知识

（一）螺纹的形成和类型（见表 7-6）

表 7-6　　　　　　　　　　　　　螺纹的形成和类型

序号	名称	图　示	说　明
1	螺纹的形成		将一直角三角形（底边 AB 长为 πd）绕在直径为 d 的圆柱体上，同时底边 AB 与圆柱体端面圆周线重合，则此三角形的斜边在圆柱体的表面上形成的是一条螺旋线，沿这条螺旋线切削，即形成螺纹
2	螺纹的类型	(a) 三角形螺纹　(b) 矩形螺纹 (c) 梯形螺纹　(d) 锯齿形螺纹	（1）用不同形状的车刀沿螺旋线可切制出三角形、矩形、梯形和锯齿形的螺纹

续表

序号	名称	图 示	说 明
2	螺纹的类型	(a) (b)	（2）单线螺纹和多线螺纹。 在圆柱体上沿一条螺旋线切制的螺纹，称为单线螺纹，如图（a）所示；也可沿二条或三条螺旋线切制螺纹，称为双线螺纹和三线螺纹，如图（b）所示。单线螺纹主要用于连接，多线螺纹主要用于传动
		(a) (b)	（3）右旋螺纹和左旋螺纹。 按螺旋线绕行方向的不同，又有右旋螺纹（图（a））和左旋螺纹（图（b））之分。通常情况下采用的都是右旋螺纹
		—	（4）连接螺纹和传动螺纹。 按作用不同，螺纹可分为连接螺纹和传动螺纹。起连接作用的螺纹称为连接螺纹；起传动作用的螺纹称为传动螺纹。 （5）米制螺纹和英制螺纹。 按螺纹的制式不同，螺纹可分为米制和英制（螺距以每英寸牙数表示）两类。我国除管螺纹外，多采用米制螺纹。凡牙型、外径及螺距符合国家标准的螺纹都称为标准螺纹，机械制造中常用的螺纹均属此类

（二）螺纹的主要参数（见表7-7）

表 7-7　　　　　　　　　　　　螺纹的主要参数

序号	名称	图 示	说 明
1	外径 d		外径是与外螺纹牙顶或内螺纹牙底相重合的假想圆柱的直径
2	内径 d_1		内径是与外螺纹牙底或内螺纹牙顶相重合的假想圆柱的直径
3	中径 d_2	(a)	中径是螺纹牙厚与牙间宽相等处的假想圆柱的直径

续表

序号	名称	图　示	说　明
4	螺距 P		螺纹相邻两牙在中径线上对应两点间的轴向距离，称为螺距
5	导程 S		同一条螺旋线上相邻两牙在中径线上对应两点间的轴向距离，称为导程。设螺纹线数为 n，则对于单线螺纹有 $S=P$；对于多线螺纹有 $S=nP$
6	牙型角 α	内径 中径 外径 (b)	牙型角是在螺纹的轴向剖面内，螺纹牙型相邻两侧边的夹角
7	升角 λ		升角是在中径 d_2 的圆柱面上，螺纹线的切线与垂直于螺纹轴线的平面间的夹角

二、攻螺纹时常见的问题及预防方法（见表7-8）

表 7-8　　　　　　　　　　　攻螺纹时常见的问题及预防方法

序号	常见问题	产　生　原　因	预　防　方　法
1	螺纹牙深不够	(1) 攻丝前底孔直径过大。 (2) 丝锥磨损	(1) 应正确计算底孔直径并正确钻孔。 (2) 修磨丝锥
2	螺纹烂牙	(1) 螺纹底孔直径太小，丝锥攻不进，孔口烂牙。 (2) 手攻时，绞杠掌握不正，丝锥左右摇摆，造成烂牙。 (3) 交替使用头锥、二锥时，未先用手将丝锥旋入，造成头锥、二锥不重合。 (4) 丝锥未经常倒转，切屑堵塞，啃伤螺纹。 (5) 攻不通孔螺纹时，到底后仍继续扳动丝锥。 (6) 用绞杠带着退出丝锥。 (7) 丝锥刀齿上粘有积屑瘤。 (8) 没有选用合适的切削液。 (9) 丝锥切削部分全部切入后仍施加轴向压力	(1) 检查底孔直径，把底孔扩大后再攻螺纹。 (2) 绞杠掌握要正，丝锥不能左右摇摆。 (3) 交替使用头锥、二锥和三锥时，应先用手将丝锥旋入，再用绞杠攻制。 (4) 丝锥每旋进 1~2 圈时，要倒转 1/2 圈，使切屑折断后排出。 (5) 攻不通孔螺纹时，要在丝锥上做出深度标记。 (6) 能用手直接旋动丝锥时应停止使用绞杠。 (7) 用油石进行修磨丝锥。 (8) 重新选用合适的切削液。 (9) 丝锥切削部分全部切入后要停止施加轴向压力
3	螺纹歪斜	(1) 手攻时，丝锥位置不正确。 (2) 机攻时，丝锥与螺纹底不同轴	(1) 用角尺等工具检查，并校正。 (2) 钻底孔后不改变工件位置，直接攻制螺纹

续表

序号	常见问题	产　生　原　因	预　防　方　法
4	螺纹表面粗糙	（1）丝锥前、后粗糙度过大。 （2）丝锥前、后角太小。 （3）丝锥磨钝。 （4）丝锥刀齿上粘有积屑瘤。 （5）没有选用合适的切削液。 （6）切屑拉伤螺纹表面	（1）修磨丝锥。 （2）修磨丝锥。 （3）修磨丝锥。 （4）用油石进行修磨。 （5）选用合适的切削液。 （6）经常倒转丝锥，折断切屑

三、套螺纹时常见的问题和预防方法（见表7-9）

表 7-9　　　　　　　　　　　　　套螺纹时常见的问题和预防方法

序号	常见问题	产　生　原　因	预　防　方　法
1	螺纹歪斜	（1）圆杆端部的倒角不符合要求。 （2）两手用力不均匀	（1）倒角长度应大于一个螺距，斜角为15°～20°。 （2）两手用力要均匀
2	螺纹乱牙	（1）圆杆直径过大。 （2）套丝时，圆板牙一直不倒转，切屑堵塞而啃坏螺纹。 （3）对低碳钢等塑性好的材料套丝时，未加切削液，圆板牙把工件上的螺纹粘去了一块	（1）圆杆直径要符合要求。 （2）圆板牙要倒转，折断切屑。 （3）对低碳钢等塑性好的材料套丝时，一定要加切削液
3	螺纹形状不完整	（1）圆杆直径太小。 （2）调节圆板牙时，直径太大	（1）更换圆杆。 （2）调节圆板牙，使其直径合适
4	螺纹表面粗糙	（1）切削液未加注或选用不当。 （2）刀刃上粘有积屑瘤	（1）应选用合适的切削液，并经常加注。 （2）去除积屑，使刀刃锋利

 **项目练习**

一、攻螺纹训练

（一）攻螺纹训练时的注意事项

（1）工件装夹时，要使孔的中心垂直于钳口。底孔要钻正确，防止过大或过小。

（2）攻螺纹时，要保证丝锥与孔端面垂直。如果发现不垂直，应立即校正至垂直。

（3）攻螺纹时，要注意排屑、润滑和冷却。

（二）手工攻螺纹训练（见表 7-3 和图 7-1）

二、套螺纹训练

（一）套螺纹训练时的注意事项

（1）正确夹持工件，不能损坏工件表面。圆杆的直径一定要准确。

（2）只能用圆板牙铰杠扳动圆板牙。套螺纹时，要注意排屑、润滑和冷却。

（二）套螺纹训练（见表 7-6 和图 7-2）

项目评价

序号	考核内容	考核要求	配分	评分标准	检测结果	得分
1	实训态度	（1）不迟到，不早退。 （2）实训态度应端正	10	（1）迟到一次扣1分。 （2）旷到一次扣5分。 （3）实训态度不端正扣5分		
2	安全文明生产	（1）正确执行安全技术操作规程。 （2）工作场地应保持整洁。 （3）工件、工具摆放应保持整齐	6	（1）造成重大事故，按0分处理。 （2）其余违规，每违反一项扣2分		
3	设备、工具、量具的使用	各种设备、工具、量具的使用应符合有关规定	4	（1）造成重大事故，按0分处理。 （2）其余违规，每违反一项扣1分		
4	操作方法和步骤	操作方法和步骤必须符合要求	30	每违反一项扣1~5分		
5	技术要求	符合图纸要求	50	每违反一项扣50分/总要求项目数		
6	工时	4学时		每超时5min扣2分		
7	合　计					
8	学习收获					
9	能力提升					
10	存在问题					
11	教师点评					

实训项目八 工件刮削

 项目描述

学 习 目 标	任 务 分 解	教 学 建 议	课 时 计 划
（1）认识显示剂和刮削工具	① 显示剂。 ② 铸铁平尺。 ③ 刮刀	教师边讲解边演示，学生边学边做	4学时
（2）掌握平面刮削的步骤和方法	平面刮削	教师边讲解边演示，学生边学边做	

 项目实施

本实训项目的主要任务是掌握平面刮削的步骤和方法，具体任务如下。

任务一　认识显示剂和刮削工具

任务二　平面刮削

任务一　认识显示剂和刮削工具

常用的显示剂和刮削工具如表 8-1 所示。

表 8-1　　　　　　　　　　显示剂和刮削工具

序号	名称	图　　示	说　　明
1	显示剂		（1）是用于显示被刮削表面误差大小的辅助涂料。它放在校准工具表面与刮削表面之间，当校准工具与刮削表面合在一起对研后，凸起部分就被显示出来。 （2）常用的显示剂有红丹粉和蓝油。红丹粉在使用时加机油调合，用于钢和铸铁工件的显点。蓝油由普鲁士蓝粉加蓖麻油调成，呈蓝色，用于精密工件和有色金属及其合金工件的显点

续表

序号	名称	图 示	说 明
2	铸铁平尺		用来推磨点子和检验刮削平面的准确性
3 刮刀	平面刮刀	$\beta=92.5°$ $\beta=95°$ $\beta=97.5°$ (a) (b) (c) A 型 (d)	（1）用来刮削平面，如平板、平面导轨和工作台等。 （2）可分为粗刮刀、细刮刀和精刮刀3种，如图（a）、图（b）、图（c）所示
	曲面刮刀	(a) (b) (c)	（1）用来刮削曲面。 （2）常用的有三角刮刀（用于刮削各种曲面）、蛇头刮刀（用于精刮各种曲面）和柳叶刮刀（用于精刮加工余量不多的各种曲面），如图（a）、图（b）、图（c）所示

任务二 平 面 刮 削

一、任务引入

在尺寸为 100mm×100mm×30mm 的 45 号方钢上进行平面刮削练习。

二、任务实施

平面刮削的步骤和方法如表 8-2 所示。

表 8-2 平面刮削的步骤和方法

序号	步骤	图 示	说 明
1	选择刮刀	—	根据要求选用刮刀

续表

序号	步骤	图 示	说 明
2	选择场地	—	(1) 光线要适当。 (2) 场地要平整、干净和无尘
3	清理表面	—	(1) 铸件必须彻底清砂，去浇口。 (2) 工件上的锐边必须倒去，以防伤手。 (3) 工件表面必须擦净
4	安放好工件	—	(1) 工件必须放得平稳。 (2) 刮削面的高低一般在腰部上下。 (3) 刮削小工件时，应用虎钳或夹具夹持，但夹紧力不能太大
5	显点		(1) 中小型工件的显点：一般用标准平板固定，工件被刮削平面（事先涂上显示剂）在平板上推研。推研时，施加压力要均匀，运动轨迹一般呈 8 字形或螺旋形，也可直线推拉
		—	(2) 大型工件的显点：工件固定，标准工具在工件被刮面上研点；标准工具超出工件被刮面的长度，应小于标准工具的1/5
			重量不对称工件的显点：推研时，应在工件的适当部位托或压，且托或压的力大小要适当、均匀、平稳
6	摆好姿势		(1) 挺刮式：将刮刀柄放在小腹右下肌肉处，双手握住刀杆离刃口约 70~80mm 处，左手在前，右手在后。刮削时，左手向下压，落刀要轻，利用腿部和臂部的力量使刮刀向前推挤，双手引导刮刀前进。在推挤后的瞬间，用双手将刮刀提起，完成一次刮削
			(2) 手推式：右手握住刀柄，左手握住刀杆距刀刃约 50~70mm 处，刮刀与被刮削面成 25°~30° 角；同时左脚前跨一步，上身向前倾。刮削时，右臂利用上身摆动向前推，左手向下压，并引导刮刀向前运动。在下压推挤的瞬间迅速抬起刮，完成一次刮削

续表

序号	步骤	图 示	说 明
7	刮削	 (a) (b) (c)	（1）粗刮：用粗刮刀，采用长刮法将工件表面刮去一层，使工件的整个刮削面在25mm×25mm正方形内有3～4点。 （2）细刮：用细刮刀，采用短刮法将刮削面上稀疏的大块研点刮去，使工件的整个刮削面在 25mm×25mm 正方形内有12～15点。 （3）精刮：用精刮刀，采用点刮法将刮削面上稀疏的各研点刮去，使刮削面在25mm×25mm 正方形内有 20 点以上。在精刮时，刀迹长度为 5mm 左右，落刀要轻，提刀要快，每个点只能刮一次，不得重复，并始终交叉进行。 （4）刮花：刮花的目的是增加刮削面的美观，改善滑动件之间的润滑。常见的花纹有斜纹花、鱼鳞花和半月花，如图（a）、图（b）、图（c）所示
8	完成任务	—	刮削结束后，要重新清洗工件，再将各种工具、量具收好

 相关知识

一、刮刀的刃磨和热处理（见表8-3）

表 8-3   刮刀的刃磨和热处理

序号	名称	图 示	说 明
1	平面刮刀的刃磨	 (a) (b)	（1）粗磨：双脚叉开并站稳，双手前后握刮刀，先磨出两个大平面，再磨出两侧面，接着磨出刀口，如图（a）所示；然后进行热处理。 （2）细磨：细磨两大平面，使其长度为 30～60mm，宽为 1.5～4mm；细磨两侧面，使其平整；细磨顶端面，使其与刀身中心线垂直，如图（b）所示。 （3）精磨：在油石上加适量机油精磨刮刀，使刃口锋利

续表

序号	名称	图　示	说　明
2	三角刮刀的刃磨	 (a) (b) (c) 油石	（1）粗磨：双脚叉开并站稳，右手握刮刀刀柄，左手将刮刀的刃口以水平位置轻压在砂轮的外圆弧面上，按刀刃弧形来回摆动。一面磨好后再用同样的方法磨另外两个面，使三个面的交线形成弧形刀刃，如图（a）所示。 （2）开槽：磨削时，刮刀应上下移动，刀槽要开在两刃中间，刀刃边上只留 2～3mm 的棱边，如图（b）所示。 （3）细磨：热处理后再细磨。 （4）精磨：右手握住刮刀的刀柄，左手压在刀刃上，将刮刀的两个刀刃同时放在油石上来回刃磨，如图（c）所示，直至刮刀锋利为止
3	刮刀的热处理		（1）淬火：用氧-乙炔火焰或炉火将刮刀加热至 780℃～800℃（呈暗桔红色）后，迅速从炉中取出，并垂直放入冷却液中冷却。平面刮刀浸入的深度为 5～11mm，三角刮刀为整个切削刃，蛇头刮刀为圆弧部分，并将刮刀沿着液面缓慢移动，待刮刀露出液面部分呈黑色时，把刮刀从冷却液中取出。 （2）回火：把刮刀从冷却液中取出后，利用刮刀上部的余热进行回火。当刮刀浸入冷却液部分的颜色呈白色后，再迅速将刮刀浸入冷却液中，至完全冷却后再取出。 （3）冷却液：有水、浓度为 15%的盐水溶液和油等 3 种。水一般用于平面粗刮刀和刮削铸铁或钢的曲面刮刀的淬火，淬火硬度低于 60HRC。浓度为 15%的盐水溶液用于刮削较硬金属的刮刀的淬火，淬火硬度高于 60HRC。油用于曲面刮刀和平面精刮刀的淬火，淬火硬度在 60HRC 左右

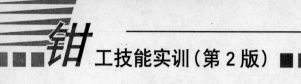

二、刮削精度的检查（见表8-4）

表 8-4　　　　　　　　　　　　　　　刮削精度的检查

序号	名称	图　示	说　明
1	平面刮削精度的检查	 2.5mm 	刮削的精度常用 25mm×25mm 的正方形内的研点数目来表示。各种平面接触精度的接触点数见表 8-5
2	曲面刮削精度的检查	—	通用机械主轴轴承接触精度的接触点数见表 8-6

表 8-5　　　　　　　　各种平面接触精度的接触点数

平面类型	点数/（25×25）mm²	应 用 举 例
超精密面	>25	0 级平板，精密量具
精密平面	20～25	1 级平板，精密量具
	16～20	精密机床导轨
一般平面	12～16	机床导轨及导向面
	8～12	一般基准面
	5～8	一般结合面
	2～5	较粗糙的固定结合面

表 8-6　　　　　　　　通用机械主轴轴承的接触点数

轴承直径/mm	重要	普通
≤120	12	8
>120	8	6

三、内曲面刮削（见表8-7）

表 8-7 内曲面刮削

序号	项目	图 示	说 明
1	内曲面刮削姿势		（1）右手握刀柄法：右手握刀柄，左手掌心向下，用四指横握刀杆，拇指抵着刀身。刮削时，右手作半圆周转动，左手顺着曲面方向拉动或推动进行螺旋形运动；与此同时，刮刀在轴向转动 （2）双手握刀杆法：刮刀柄搁在右手臂上，双手握住刀杆。刮削时，左右手动作与右手握刀柄法的动作一样
2	内曲面的刮削方法		（1）粗刮：用粗三角刮刀或蛇头刮刀，对滑动轴承进行单独粗刮，刮去机械加工的刀痕。 （2）显点：先将显示剂均匀地涂布在轴的圆周面上，使轴在内曲面上来回旋转，显示出接触点。 （3）细刮：用细三角刮刀或蛇头刮刀在曲面内接触点上作螺旋运动刮除研点，直至研点符合要求。 （4）精刮：在细刮基础上用小刀进行精刮使研点小而多，直至研点符合要求

四、刮削时常见的问题和预防方法（见表8-8）

表 8-8 刮削时常见的问题和预防方法

序号	常见问题	产 生 原 因	预 防 方 法
1	深凹痕	（1）粗刮时用力不均匀，局部落刀太重或多次刀痕重叠。 （2）刮刀刃磨得过于弧形	（1）粗刮时用力要均匀，刀痕不得重叠。 （2）按要求磨刀
2	划道	研点时夹有砂粒、铁屑等杂质，或显示剂不干净	研点时要将被刮表面清理干净
3	振痕	多次同向刮削，刀迹没交叉	刀迹应交叉
4	刮削面精密度不够	（1）研具不准确。 （2）推研时压力不均匀，研具伸出工件太多，按出现的假点刮削	（1）更换准确的研具。 （2）推研时压力要均匀，研具不能伸出工件太多

项目练习

（一）工件的刮削实训中有如下注意事项。

（1）显示剂应干净，推研时压力要均匀，研具不能伸出工件太多。

（2）刮削时用力不能太大，否则容易发生抖动，导致表面产生振痕。

（3）刮削时用力要均匀，刀迹应交叉，刀痕不得重叠。

（二）平面的刮削训练（见表8-2）。

 项目评价

序号	考 核 内 容	考 核 要 求	配分	评 分 标 准	检测结果	得分
1	实训态度	（1）不迟到，不早退。 （2）实训态度应端正	10	（1）迟到一次扣1分。 （2）旷到一次扣5分。 （3）实训态度不端正扣5分		
2	安全文明生产	（1）正确执行安全技术操作规程。 （2）工作场地应保持整洁。 （3）工件、工具摆放应保持整齐	6	（1）造成重大事故，按0分处理。 （2）其余违规，每违反一项扣2分		
3	设备、工具、量具的使用	各种设备、工具、量具的使用应符合有关规定	4	（1）造成重大事故，按0分处理。 （2）其余违规，每违反一项扣1分		
4	操作方法和步骤	操作方法和步骤必须符合要求	30	每违反一项扣1~5分		
5	技术要求	符合图纸要求	50	每违反一项扣50分/总要求项目数		
6	工时	4学时		每超时5min扣2分		
7	合　　计					
8	学习收获					
9	能力提升					
10	存在问题					
11	教师点评					

实训项目九　工件铆接

 项目描述

学 习 目 标	任 务 分 解	教 学 建 议	课 时 计 划
（1）认识常用的铆接工具	常用的铆接工具	教师边讲解边演示，学生边学边做	2学时
（2）学会用铆钉铆接工件的方法	① 用半圆头铆钉铆接工件。② 用空心铆钉铆接工件。③ 用沉头铆钉铆接工件	教师边讲解边演示，学生边学边做	
（3）掌握铆钉的拆卸方法	① 半圆头铆钉的拆卸。② 沉头铆钉的拆卸	教师边讲解边演示，学生边学边做	

 **项目实施**

本实训项目的主要任务是掌握用铆钉铆接工件的步骤和方法，具体任务如下。

任务一　认识常用的铆接工具

任务二　工件铆接

任务三　铆钉的拆卸

任务一　认识常用的铆接工具

常用的铆接工具如表9-1所示。

表 9-1　　　　　　　　　　　常用的铆接工具

序号	名称	图 示	说 明
1	罩模和顶模	(a)　　(b) 顶模 台虎钳 H	（1）多为半圆头的凹球面，用于铆接半圆头铆钉；也有的按平头铆钉的头部形状制成凹形，用于铆接平头铆钉。（2）工作部分需要淬硬和抛光。（3）罩模的柄部为圆柱形，而顶模的柄部是两个平行的平面，可在台虎钳上稳固夹持

续表

序号	名称	图　　示	说　　明
2	压紧冲头		当铆钉插入孔中后，用压紧冲头将被铆的板件相互压紧
3	铆接空心铆钉用的冲头		铆接空心铆钉用的冲头两个为一组，一个为顶尖形冲头，另一个为圆凸形冲头
4	锤子		用于产生打击力

任务二　工件铆接

一、用半圆头铆钉铆接工件

1. 任务引入

用半圆头铆钉将两块厚为 5mm 的板铆接在一起。

2. 任务实施

用半圆头铆钉铆接工件的步骤和方法如表9-2所示。

表 9-2　　　　　　　　　　　用半圆头铆钉铆接工件的步骤和方法

序号	步骤	图　示	说　明
1	铆钉直径的确定	—	铆接时，铆钉直径一般取被连接件厚度的 1.8 倍，见表 9-3
2	铆钉长度的确定		(1) 半圆头铆钉杆长度 l： $$l=\sum \delta+(1.25\sim 1.5)d$$ (2) 沉头铆钉杆长度 l： $$l=\sum \delta+(0.8\sim 1.2)d$$ 式中，$\sum \delta$ 为铆接件总厚度，d 为铆钉直径
3	铆钉形式的确定	—	根据负载大小选择铆钉的形式
4	将板料贴合	—	将要铆接的板料表面清理干净后，用 C 形夹等工具夹持固定
5	画线钻孔	—	画好线，打好样冲，进行钻孔，方法见钻孔实训
6	装入铆钉	—	把选好的铆钉装入铆钉孔中
7	压紧板料		(1) 将顶模置于垂直而稳定的位置。 (2) 将铆钉半圆头与顶模凹圆相接触。 (3) 用压紧冲头压紧板料

续表

序号	步骤	图 示	说 明
8	镦粗铆钉		用锤子锤打铆钉的伸出部分，使其镦粗
9	初步成形		用手锤适当地斜着均匀锤打周边，初步锤打成形
10	成形		用适当的罩模铆打成形，不时地转动罩模，垂直锤打
11	完成任务	—	铆接完成，卸下工件，将各种工具量具收好

表 9-3　　　　　　　　　　　　　　　铆钉直径的选择

板厚 δ/mm	5～6	7～9	14～18	19～24
铆钉直径 d/mm	10～12	14～25	20～22	27～30

二、用空心铆钉铆接工件

1．任务引入

用空心铆钉将两块厚为 5mm 的板铆接在一起。

2．任务实施

用空心铆钉铆接工件的步骤和方法如表 9-4 所示。

表 9-4　　　　　　　　　　用空心铆钉铆接工件的步骤和方法

序号	步骤	图 示	说 明
1	装入铆钉	—	把选好的铆钉装入铆钉孔中，钉头一端向下，垫好

序号	步骤	图 示	说 明
2	初步成形		将样冲对准铆钉，用手锤打击样冲，使上端撑开与铆接件相接触
3	成形		用圆凸冲头将铆钉头部冲压成形

三、用沉头铆钉铆接工件

1. 任务引入

用沉头铆钉将两块厚为 5mm 的板铆接在一起。

2. 任务实施

用沉头铆钉铆接工件的步骤和方法如表 9-5 所示。

表 9-5　　　　　　　　　　用沉头铆钉铆接工件的步骤和方法

序号	步骤	图 示	说 明
1	装入铆钉		把选好的铆钉装入铆钉孔中
2	镦粗铆钉		在被铆接件下支好淬火平铁，在正中镦粗面 1、2
3	铆合面 1		铆合面 1、铆合面 2
4	铆合面 2		
5	成形		用平头冲子修整成形

任务三　铆钉的拆卸

一、半圆头铆钉的拆卸

1. 任务引入

拆卸半圆头铆钉。

2. 任务实施

半圆头铆钉的拆卸步骤和方法如表9-6所示。

表9-6　　　　　　　　　　　　　半圆头铆钉的拆卸步骤和方法

序号	步骤	图　　示	说　　明
1	锉平	—	将铆钉头的顶部略微敲平或锉平
2	冲中心眼	(a)　　　　(b)	用样冲冲出中心眼，钻孔深度为铆钉头的高度
3	折断铆钉头	铁棒	将一铁棒插入孔中，将铆钉头折断
4	冲出铆钉		用冲头将铆钉冲出

二、沉头铆钉的拆卸

1. 任务引入

拆卸沉头铆钉，以半沉头铆钉的拆卸为例进行讲解。

2. 任务实施

沉头铆钉的拆卸步骤和方法如表9-7所示。

表9-7 沉头铆钉的拆卸步骤和方法

序号	步骤	图 示	说 明
1	冲中心眼		先用样冲冲出中心眼,再用比铆钉杆直径小1mm的钻头钻孔,其深度略超过铆钉头高度
2	冲出铆钉		用直径小于孔直径的冲头将铆钉冲出

 相关知识

一、铆接的形式(见表9-8)

表9-8 铆接的形式

序号	形式	图 示	说 明
1	对接	(a)　　　　(b)	(1)将两块板料置于同一平面,利用盖板进行铆接。 (2)可分为单盖板式对接(如图(a))和双盖板式对接(如图(b))两种
2	搭接	(a)　　　　(b)	将一块板搭在另一块扳上进行铆接
3	角接	(a)　　　　(b)	将两块板互相垂直或成一定角度进行铆接

95

续表

序号	形式	图　示	说　明
4	相互铆接	铆钉 垫圈 卡脚	将两件或两件以上形状相同或类似的、相互重叠或结合在一起的零件进行铆接

二、铆钉的形式及应用（见表9-9）

表 9-9　　　　　　　　　　　铆钉的形式及应用

序号	形式	图　示	说　明
1	实心铆钉		（1）半圆头式：用于承受较大横向载荷的工件铆接，应用最广
			（2）平锥头式：用于承受较大横向载荷并有腐蚀性介质的工件铆接
			（3）沉头式：用于表面须平滑、受载不大的工件铆接
			（4）半沉头式：多用于薄板中表面要求光滑、承受载荷不大的工件铆接
			（5）平头式：用于承受载荷大的工件铆接
			（6）扁平头式：用于金属薄板、皮革、塑料、帆布等工件的铆接
2	半空心铆钉		（1）扁圆头式：用于承受载荷小的工件铆接

续表

序号	形式	图　示	说　明
2	半空心铆钉		（2）扁平头式：用于金属薄板或非金属材料等承受载荷小的工件铆接
3	空心铆钉		质量轻、钉头弱，仅用于受载小的薄板、脆性材料或弹性材料的铆接

三、铆接时的常见问题和预防方法（见表9-10）

表 9-10　　　　　　　　　　　铆接时的常见问题和预防方法

序号	常见问题	产生原因	预防方法
1	铆合头偏歪	（1）铆钉太长。 （2）铆钉歪斜，铆钉孔未对准。 （3）镦粗时不垂直造成铆钉歪斜	（1）选择长度合适的铆钉。 （2）铆钉孔要对准。 （3）镦粗时要垂直
2	铆合头不完整	铆钉太短	选择长度合适的铆钉
3	铆钉头不成半圆形	（1）开始铆接时钉杆弯曲 （2）铆钉杆未镦粗	（1）开始铆接时保证钉杆垂直。 （2）镦粗铆钉杆
4	工件之间有间隙	（1）工件连接面不平整 （2）未用压紧冲头将板料压紧	（1）工件连接面要平整 （2）用压紧冲头将板料压紧

项目练习

（一）铆接工件时有如下注意事项。

（1）铆接零件和铆钉孔要清洁，钉孔要对准，被铆接零件应紧密贴合。

（2）采用机铆时，加压的压杆要与铆钉杆横截面同心。

（3）采用热铆时，铆钉的加热温度应准确，并迅速送至工件，立即进行铆合。热铆的压力须维持一定的冷却时间，以使工件牢固紧密地结合。

（二）用半圆头铆钉铆接工件练习（见表9-3）。

（三）用空心铆钉的铆接工件练习（见表9-4）。

（四）用沉头铆钉的铆接工件练习（见表9-5）。

（五）各种铆钉的拆卸练习（见表9-6和表9-7）。

项目评价

序号	考核内容	考核要求	配分	评分标准	检测结果	得分
1	实训态度	(1) 不迟到，不早退。 (2) 实训态度应端正	10	(1) 迟到一次扣1分。 (2) 旷到一次扣5分。 (3) 实训态度不端正扣5分		
2	安全文明生产	(1) 正确执行安全技术操作规程。 (2) 工作场地应保持整洁。 (3) 工件、工具摆放应保持整齐	6	(1) 造成重大事故，按0分处理。 (2) 其余违规，每违反一项扣2分		
3	设备、工具、量具的使用	各种设备、工具、量具的使用应符合有关规定	4	(1) 造成重大事故，按0分处理。 (2) 其余违规，每违反一项扣1分		
4	操作方法和步骤	操作方法和步骤必须符合要求	30	每违反一项扣1~5分		
5	技术要求	符合图纸要求	50	每违反一项扣50分/总要求项目数		
6	工时	2学时		每超时5min扣2分		
7	合　计					
8	学习收获					
9	能力提升					
10	存在问题					
11	教师点评					

实训项目十　连接件的装配

 项目描述

学 习 目 标	任 务 分 解	教 学 建 议	课 时 计 划
（1）认识常用连接件的装配和拆卸工具	① 认识活络扳手。 ② 认识套筒扳手和叉扳手。 ③ 认识专用扳手和扭力扳手	教师边讲解边演示，学生边学边做	4学时
（2）掌握常用连接件的装配步骤和方法	① 螺纹连接的装配。 ② 键连接的装配。 ③ 销连接的装配	教师边讲解边演示，学生边学边做	
（3）掌握常用连接件的拆卸步骤和方法	① 螺纹连接的拆卸。 ② 键连接的拆卸。 ③ 销连接的拆卸	教师边讲解边演示，学生边学边做	

 项目实施

本实训项目的主要任务是学会常用连接件的装配和拆卸方法，具体任务如下。

任务一　认识常用连接件的装配和拆卸工具

任务二　连接件的装配

任务三　连接件的拆卸

任务一　认识常用连接件的装配和拆卸工具

常用连接件的装配和拆卸工具如表 10-1 所示。

表 10-1　　　　　　　　　常用连接件的装配和拆卸工具

序号	名称	图　　示	说　　明
1	活络扳手		开口宽度可调，用于拧紧或松开螺栓或螺母

续表

序号	名称	图　示	说　明
2	套筒扳手		用于普通扳手不能使用的狭小位置处螺栓或螺母的拧紧或松动
3	叉扳手		开口不可调，用于拧紧或松开对应口径的螺栓或螺母
4	专用扳手		用于特殊螺母的拧紧或松开
5	扭力扳手		用于有预紧力要求的螺母或螺栓的拧紧和检查

任务二　连接件的装配

一、螺纹连接的装配

1．任务引入

用螺纹连接方式连接工件。

2．任务实施

螺纹连接的装配步骤和方法如表 10-2 所示。

表 10-2　　　　　　　　　　螺纹连接的装配步骤和方法

序号	步骤	图　示	说　明
1	了解螺纹连接要求	—	（1）螺栓笔直，不应歪斜或弯曲。 （2）螺母与被连接件应接触良好。 （3）拧紧力矩要适当。 （4）要有防松措施。 （5）装配成组螺钉、螺母时，为保证零件贴合面受力均匀，应按一定要求旋紧，并且不要一次完全旋紧，应按次序分两次或三次旋紧

序号	步骤	图　示	说　明
2	选好防松方法		（1）用弹簧垫圈防松：拧紧螺母后，垫圈的弹性反力可以使螺母与螺栓之间产生一定的附加摩擦力，从而防止螺母松动
			（2）对顶螺母防松：拧紧螺母时，先拧紧主螺母，后拧紧副螺母，使两螺母对顶而产生对顶的压力和附加摩擦力，从而防止螺母松动
			（3）带耳止动垫圈防松：先将垫圈一耳边向下弯折，使之与被连接件的一边紧贴，当拧紧螺母后，再将垫圈的另一耳边向上弯折与螺母的边缘紧贴面，从而防止螺母松动
			（4）开口销与带槽螺母防松：拧紧螺母后，用开口销穿过螺栓尾部的径向小孔和螺母的槽，使螺母和螺栓不能相对转动，从而防止螺母松动
3	一般螺母的拧紧	正确　　不正确	一般螺母的拧紧操作步骤如下。 （1）可用活扳手、叉式呆扳手、套筒扳手或梅花呆扳手等逐渐拧紧。 （2）如果螺栓是活动的，还必须用另一扳手将螺栓卡住，使其不动
4	双头螺柱的拧紧		（1）拧紧双螺母的操作步骤如下。 ① 可用叉式呆扳手、活动扳手、套筒扳手或梅花呆扳手等逐渐拧紧一个螺母。 ② 将另一个螺母拧紧，并使两个螺母相互锁紧。 ③ 用扳手转动上面的螺母，可将双头螺柱拧入螺孔中

续表

序号	步骤	图　　示	说　　明
4	双头螺柱的拧紧	止动螺钉 六角螺母	（2）拧紧长螺母的操作步骤如下。 ① 将长六角螺母拧进双头螺柱。 ② 将止动螺钉拧紧。 ③ 扳动长六角螺母，可将双头螺柱拧入螺孔中
5	成组螺母或螺钉的拧紧	6　4　2　1　3　5　7 9　3　1　6　8 7　5　2　4　10	（1）将各螺母或螺钉分别拧到贴近零件表面
		定位销 (a)　　　　(b)	（2）按图示顺序，先中间，后两边，对称交叉，分2~3次逐步拧紧至要求的预紧力
6	检查	—	螺纹连接的装配操作结束后，有必要检查螺母是否都已拧紧

二、键连接的装配

1．任务引入

用键连接的方式连接工件。

2．任务实施

键连接的装配步骤和方法如表 10-3 所示。

表 10-3   键连接的装配步骤和方法

序号	步骤	图 示	说 明
1	弄清键连接装配的技术要求	—	(1) 保证键与键槽的配合符合要求。 (2) 键与键槽都有较小的粗糙度。 (3) 松键装入槽中后，一定要与槽底贴紧，长度方向上允许有 0.1mm 的间隙，键的顶面与轮毂键槽底部留有 0.3~0.5mm 的间隙。 (4) 楔键的斜度一定要与配合键槽的斜度一致。 (5) 楔键与键槽的两侧要留有一定的间隙。 (6) 钩头楔键不能使钩头紧贴套件的端面，否则不易拆装
2	去毛刺	—	去除键和键槽上的毛刺
3	检查	—	对重要的键应检查其侧面的直线度及键槽对轴线的对称度和平行度误差等
4	装配	—	(1) 松键的装配。 ① 用键的头部与轴上的键槽试配,应使键紧紧地嵌在键槽中，否则须锉配键。 ② 在键的配合面上加机油。 ③ 将键放入轴上的键槽中，必要时还可用铜棒轻轻敲击，使键与槽底接触良好。 ④ 将轮毂装在装有键的轴部
		—	(2) 紧键的装配。 ① 将轮毂装到轴上。 ② 将键打入，固紧
		—	(3) 花键的装配。 ① 静连接花键的装配。 过盈量较小时，可用铜棒轻轻敲入，但不能太紧，否则会拉伤配合表面。 过盈量较大时，可将套件在机油中加热至 80℃~120℃后再进行装配。 ② 动连接花键的装配。 装配时，花键孔在花键轴上应滑动自如，不可有阻滞现象，间隙要适当

三、销连接的装配

1. 任务引入

用销连接的方式连接工件。

2．任务实施

销连接的装配步骤和方法如表 10-4 所示。

表 10-4　　　　　　　　　　　　销连接的装配步骤和方法

序号	步骤	图　示	说　明
1	了解要求	—	（1）圆柱销与销孔的配合全靠少量的过盈量。 （2）两销孔要同时铰制。 （3）销和销孔内不能有毛刺
2	去毛刺	—	去除销和销孔内的毛刺
3	检查		圆锥销能用手将其压入销孔的 80%
4	装配		（1）圆柱销的装配。 ① 在圆柱销上涂机油。 ② 将圆柱销对准孔，用铜棒将其打入孔中，也可用 C 形夹头把销子压入孔内。 （2）圆锥销的装配。 ① 在圆锥销上涂机油。 ② 用手将圆锥销压入销孔的 80%，再用铜棒将其打入，锥销的大端可露出或平行于被连接件的表面
5	检查	—	销连接装配结束后，有必要认真检查装配是否符合要求

任务三　连接件的拆卸

1．任务引入

拆卸常用的连接件。

2．任务实施

常用连接件的拆卸步骤和方法如表 10-5 所示。

表 10-5　　　　　　　　　　常用连接件的拆卸步骤和方法

序号	内容	图　示	说　明
1	螺纹连接件的拆卸	—	用扳手或螺丝刀反向拧，即可将螺母或螺钉拆卸
2	键连接件的拆卸	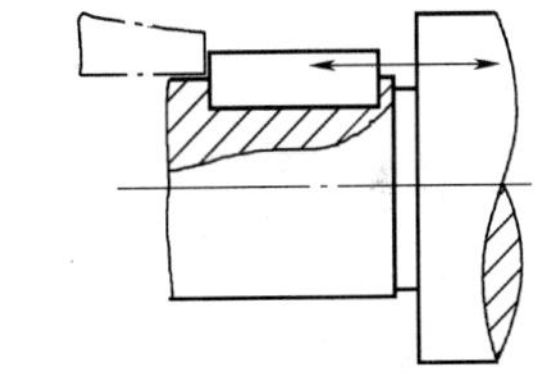	（1）普通平键的拆卸：可用平头冲子顶在键的一端，用锤子适当敲打，另一端可用两侧面带有斜度的平头冲子按图中箭头所示部位挤压
		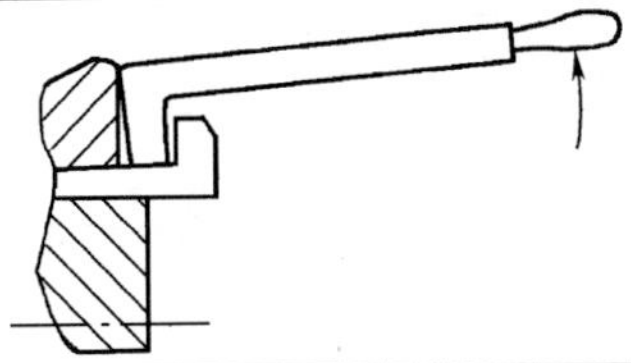	（2）空隙较大的钩头楔键的拆卸：用图示工具即可取出钩头楔键
		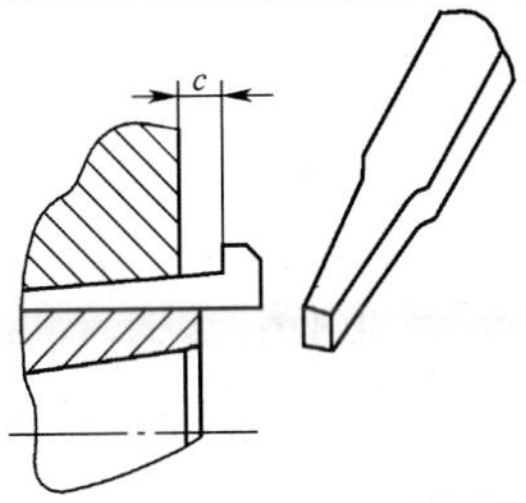	（3）空隙较小的钩头楔键的拆卸：用带有一定斜度的平冲头在 c 处挤压，即可取出钩头楔键
3	销连接的拆卸	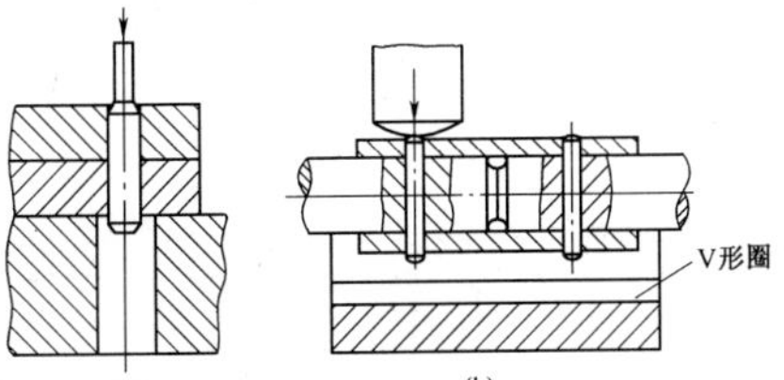 　(a)　　　(b)	（1）普通圆柱销和圆锥销的拆卸。 ① 圆柱销用锤子即可敲出。 ② 用锤子将圆锥销从小端向外敲击即可取出
		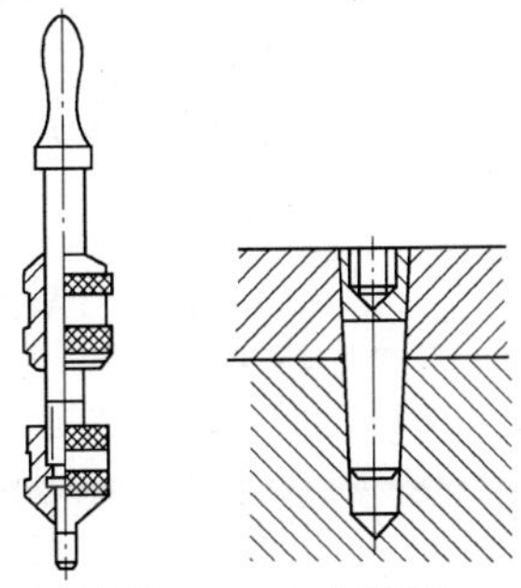 　(a)拔出器　(b)圆锥销	（2）带内螺纹的圆锥销的拆卸：用拔出器将它拔出

105

续表

序号	内容	图　示	说　明
3	销连接的拆卸		带螺尾的圆锥销的拆卸：用螺母将它旋出

 相关知识

一、装配的工艺流程（见表10-6）

表 10-6　　　　　　　　　　　装配的工艺流程

序号	步　骤	说　明
1	了解操作要求,确定装配方法,清理零部件	（1）研究产品的装配图、工艺文件及技术条件，了解产品的结构和零件作用，以及相互间的连接关系。 （2）确定装配的方法、顺序和所需的工具。 （3）对用于装配的零件进行清洗和清理，去掉毛刺、锈蚀、油污等其他异物
2	装配	（1）组件装配：它是将若干零件安装在一个基础零件上进而构成组件的操作过程。如减速器中的一根传动轴，就是由轴、齿轮、键等零件装配而成的组件。 （2）部件装配：它是将若干个零件、组件安装在另一个基础零件上进而构成部件的操作过程。如车床的主轴箱、进给箱、溜板箱等。 （3）总装配：它是将若干个零件、组件、部件组合成整台机器的操作过程。例如车床就是由车床的主轴箱、进给箱、溜板箱等部件总装而成的
3	调试	调试是通过试验来调整各部分的过程，使他们相互有机协调地进行工作
4	喷漆、涂油及装箱	喷漆是为了防止不加工面生锈，还可使产品更加美观，涂油可以保证工作表面和零件已加工表面不生锈，装箱是为了便于运输

二、装配方法（见表10-7）

表 10-7　　　　　　　　　　　装配方法

序号	方法	图　示	说　明
1	修配装配法		（1）装配时，要修去指定零件上的预留量，以达到装配精度。图示尾座的装配中，就必须修刮底板尺寸 A_2 的预留量，使前后两顶尖的中心线达到规定的等高，允许误差为 A_0。 （2）该法主要用于单件、小批量生产或成批生产精度要求高又不便于流水作业的产品的装配

续表

序号	方法	图 示	说 明
2	调整装配法	 垫片	（1）装配时，通过改变可调整零件的相对位置或选用合适的调整件，可以达到装配精度。 （2）该法用于零件多、装配精度要求高而又不宜用选配法的产品的装配
3	选择装配法		（1）直接选配法。 ① 装配时，由装配工人直接从一批零件中选择尺寸相当的零件进行装配。 ② 该方法简单，多用于节拍要求不严格的大批量生产产品的装配 （2）分组选配法。 ① 装配时，将一批零件逐一测量后，按实际尺寸分成若干组，然后将尺寸大的包容件与尺寸大的被包容件相配，将尺寸小的包容件与尺寸小的被包容件相配。 ② 该方法装配精度高，常用于成批生产或大量生产产品的装配
4	互换装配法	—	（1）装配时，各配合零件不经修配、选择或调整，即可达到装配精度。该方法的装配精度由零件制造精度来保证。 （2）该方法主要用于大批量生产产品的装配

三、连接件的类型（见表10-8）

表 10-8　　　　　　　　　连接件的类型

序号	类型	图 示	说 明
1	螺纹连接	 (a)　　　(b)	（1）螺栓连接如下。 ① 连接时，先将螺栓穿过被连接件的孔，然后用螺母锁紧，将被连接件连接起来。 ② 采用图（a）所示的普通螺栓连接时，螺栓杆与被连接件孔壁上有间隙。 ③ 采用图（b）所示的铰制孔螺栓连接时，螺栓杆与被连接件孔为基孔制配合

序号	类型	图　示	说　明
1	螺纹连接		(2) 双头螺柱连接。 ① 连接时,先将双头螺柱的一端旋紧在被连接件之一的螺纹孔中,另一端穿过其余被连接件的通孔,然后用螺母锁紧,将被连接件连接起来。 ② 该法适用于被连接件之一太厚,不能用螺栓连接或希望连接较紧凑,且需经常拆装的情况
			(3) 螺钉连接。 ① 连接时,先将螺钉穿过一被连接件的通孔,然后旋入另一被连接件的螺纹孔。 ② 该法适用于被连接件之一太厚,不能用螺栓连接,且不需经常拆装的情况
			(4) 紧定螺钉连接。 ① 连接时,将螺钉旋入被连接件的螺纹孔中,并将其末端顶住被连接件的表面或顶入相应的凹坑中。 ② 该法适用于轴与轴上零件的连接,并可传递不大的载荷
2	键连接	(a)　(b)　(c)　(d) 工作面	(1) 平键连接。 ① 平键的两侧面是工作面,与键槽配合,工作时靠键与槽侧面的互相挤压传递扭矩。平键连接的结构简单、工作可靠、装拆方便、对中性良好,但不能实现轴上零件的轴向固定。 ② 普通平键用于静连接,即轴与轮毂间无相对轴向移动的连接。平键按端部形状可分为 A 型 (圆头)、B 型 (方头)、C 型 (单圆头) 3 种

续表

序号	类型	图　示	说　明
2	键连接	 (a) (b)	③ 导向键和滑键都用手动连接，即轴与轮毂间有相对轴向移动的连接。 ④ 导向键用螺钉固定在轴槽中，键与毂槽间隙配合，轴上的带毂零件能沿导向键作轴向滑移，适用于轴向移动距离不大的场合，如机床变速箱中的滑移齿轮。 ⑤ 滑键固定在轮毂上，由带毂零件带着作轴向移动。滑键用于轴上零件在轴上移动距离较大的场合，以免使用长导向键
			(2) 半圆键连接。 ① 半圆键连接以两侧面为工作面，它与平键一样具有定心较好的优点。半圆键能在轴槽中摆动以适应毂槽的底面，装配方便。 ② 键槽对轴的削弱作用较大，只适用于轻载连接
		 (a) 普通楔键 钩头楔键 (b)	(3) 楔键连接。 ① 楔键的上下表面是工作面，键的上下表面和轮毂键槽的底面也有 1:100 的斜面，把楔键打入轴和轴毂槽内时，其工作面产生很大的预紧力；工作时，主要靠摩擦力传递转矩，并能承受单方向的轴向力。 ② 采用该键的缺点是轴和和轮毂会产生偏心，因此楔键仅适用于定心精度要求不高、载荷平稳和低速的连接
			(4) 花键连接。 ① 花键连接由多个键齿构成，键齿沿轴和轮毂孔的周向均布，齿侧面为工作面，适用于载荷大和定心精度要求高的静连接和动连接。 ② 花键按齿形分为矩形花键、渐开线花键、三角形花键，其中矩形花键应用最广。花键齿形已标准化，可查阅相关手册

续表

序号	类型	图　　示	说　　明
3	销连接		（1）圆柱销连接：不宜经常拆装
			（2）圆锥销连接：用来定位，对中性好，易于拆装
4	焊接	—	它是为通过加热或加压，或者两者并用，并且用或不用填充材料，使焊件达到原子结合的一种加工方法
5	铆接	—	它是为利用铆钉把两个或两个以上的零件或构件连接成为一个整体的连接方法
6	粘接	—	它是为利用粘接剂把两个或两个以上的零件或构件连接成为一个整体的连接方法

项目练习

（1）装配连接件时有如下注意事项。

① 螺母端面应与螺纹轴线垂直，以保证受力均匀。

② 对于在变载荷和振动载荷下工作的螺纹连接，必须采用防松保险装置。

③ 装配成组螺钉、螺母时，为保证零件贴合面受力均匀，应按一定要求旋紧，并且不要一次完全旋紧，应按次序分 2～3 旋紧。

④ 螺纹的配合应做到用手能自由旋入，若过紧会咬坏螺纹，过松则受力后螺纹会断裂。

⑤ 两销孔要同时铰制，销和销孔内不能有毛刺。

⑥ 楔键的斜度一定要与配合键槽的斜度一致。

（2）连接件的装配练习（见表 10-2～表 10-4）。

（3）连接件的拆卸练习（见表 10-5）。

项目评价

序号	考核内容	考核要求	配分	评分标准	检测结果	得分
1	实训态度	(1) 不迟到，不早退。 (2) 实训态度应端正	10	(1) 迟到一次扣 1 分。 (2) 旷到一次扣 5 分。 (3) 实训态度不端正扣 5 分		
2	安全文明生产	(1) 正确执行安全技术操作规程。 (2) 工作场地应保持整洁。 (3) 工件、工具摆放应保持整齐	6	(1) 造成重大事故，按 0 分处理。 (2) 其余违规，每违反一项扣 2 分		
3	设备、工具、量具的使用	各种设备、工具、量具的使用应符合有关规定	4	(1) 造成重大事故，按 0 分处理。 (2) 其余违规，每违反一项扣 1 分		
4	操作方法和步骤	操作方法和步骤必须符合要求	30	每违反一项扣 1~5 分		
5	技术要求	符合图纸要求	50	每违反一项扣 50 分/总要求项目数		
6	工时	4 学时		每超时 5min 扣 2 分		
7	合　计					
8	学习收获					
9	能力提升					
10	存在问题					
11	教师点评					

实训项目十一　轴承的装配

 项目描述

学 习 目 标	任 务 分 解	教 学 建 议	课 时 计 划
（1）轴承的装配	① 滚动轴承的装配。 ② 滑动轴承的装配	教师边讲解边演示，学生边学边做	6学时
（2）轴承的拆卸	① 滚动轴承的拆卸。 ② 滑动轴承的拆卸	教师边讲解边演示，学生边学边做	

 项目实施

本实训项目的主要任务是掌握轴承的装配和拆卸的步骤和方法，具体任务如下。

任务一　轴承的装配

任务二　轴承的拆卸

任务一　轴承的装配

一、滚动轴承的装配

1．任务引入

按要求装配滚动轴承。

2．任务实施

滚动轴承的的装配步骤和方法如表 11-1 所示。

表 11-1　　　　　　　　　　滚动轴承的装配步骤和方法

序号	步骤	图 示	说 明
1	准备工具	—	按所装的轴承，准备所需的工具和量具
2	检查轴承	—	（1）检查轴承型号是否与图样要求一致。 （2）检查与轴承相配的零件，如轴、外壳、端盖等表面是否有缺陷、毛刺、锈蚀等

续表

序号	步骤	图 示	说 明
3	清理零件	—	（1）用汽油或煤油清洗与轴承配合的零件，并用干净的布擦净，然后涂上一层薄油。 （2）把轴承清洗干净
4	实施装配	手锤 心棒 正确 (a)　(b) (c) (d)	（1）用一般工具安装圆柱孔滚动轴承。 ① 将轴承用手对准轴，用紫铜棒轻轻敲击，使轴承进入。 ② 在轴承端面上垫上铜或软钢材料制成的装配套筒。 ③ 用锤子敲击套筒，把滚动轴承安装到位 （2）用专用工具安装圆柱孔滚动轴承。 ① 当内圈与轴紧配合，外圈与壳体为松配合（图（a）和图（b））时，安装前先将轴承套在轴上，接着在轴端面垫上铜或软钢材料的装配套筒，然后用压力机加压，把滚动轴承安装到位，最后把轴承和轴一起装入壳体中。 ② 当内圈与轴松配合，外圈与壳体紧配合（图（c））时，安装前应先将轴承压入壳体中。 ③ 当内圈与轴、外圈与壳体均紧配合（图（d））时，安装前装配套筒的端面应做成能同时压紧轴承内外圈端面的圆环，加压时，压力能同时到达内外圈上，把轴承压入轴上和壳体中 ④ 圆锥滚子轴承和安装：因其内外圈可分离，可分别把内圈装在轴上，外圈装在壳体中，然后再调整游隙

续表

序号	步骤	图　示	说　明
		(a)　　　　(b) (c)	（3）圆锥孔滚动轴承的装配：直接安装在带锥度的主轴上，或安装在紧定套和退卸套的锥面上，其配合过盈量轴承内圈沿轴颈锥面的轴向移动量
		圆螺母	（4）推力球轴承的装配：装配时，要注意区分紧环和松环。松环的内孔比紧环大，所以松环应靠在与轴相对静止的面上，左端的紧环靠在轴肩端面上；否则滚动体会丧失作用，同时会加速配合零件间的磨损
5	检查	—	滚动轴承的装配结束后，应检查轴承是否灵活，有无异常噪声，工作温度是否超过了50℃

二、滑动轴承的装配

1．任务引入

按要求装配滑动轴承。

2．任务实施

滑动轴承的装配步骤和方法如表 11-2 所示。

表 11-2　　　　　　　　滑动轴承的装配步骤和方法

序号	步骤	图　示	说　明
1	准备工具	—	根据任务要求，准备所需的工具和量具

续表

序号	步骤	图　示	说　明
2	检查零件	—	（1）检查轴承型号是否与图样要求一致。 （2）检查与轴承相配的零件，如轴、外壳、端盖等表面是否有缺陷、毛刺或锈蚀等
3	清理零件	—	（1）用汽油或煤油清洗与轴承配合的零件，并用干净的布擦净，然后涂上一层薄油。 （2）把轴承清洗干净
4	装配		整体式滑动轴承（或称轴套）的装配。 （1）压入轴套。 ① 当尺寸和过盈量也较小时，可用铜棒敲入或加垫板后用锤子敲入。 ② 当尺寸和过盈量都较大时，应用压力机或用拉紧夹具压入，见图（a）。 ③ 轴套上的油孔应与机体上的油孔对准。 （2）用紧定螺钉或定位销固定轴套（图（b）、图（c）、图（d）、图（e)）。 （3）修整轴套。 在压装后，要检查轴套内孔，若内孔缩小或变形，可用铰削或刮削等方法对轴套进行修整
			剖分式滑动轴承（或称轴瓦）的装配。 （1）压入轴瓦 ① 轴套上的油孔应与机体上的油孔对准。 ② 用铜棒敲入或加垫板后用锤子敲入，见图（a） （2）用定位销或轴瓦上凸台来给轴瓦止动定位，见图（b）和图（c）。 （3）刮削轴瓦。 ① 用与轴瓦配合的轴来显点。在上、下轴瓦内涂上显示剂，然后把轴和轴承装好，并把轴承盖固紧，其固紧程度以轴能转动为宜。转动轴，使显点清晰。 ② 刮削：其方法见刮削实训内容

115

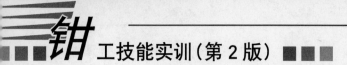

续表

序号	步骤	图　示	说　明
5	检查	—	滑动轴承的装配结束后，应检查轴承是否灵活，有无异常噪声

任务二　轴承的拆卸

一、滚动轴承的拆卸

1. 任务引入

按要求拆卸滚动轴承。

2. 任务实施

滚动轴承的拆卸步骤和方法如表 11-3 所示。

表 11-3　　　　　　　　　　滚动轴承的拆卸步骤和方法

序号	项目	图　示	说　明
1	圆柱孔滚动轴承的拆卸		（1）用压力机从轴上拆卸滚动轴承
			（2）用压力机拆卸可分离滚动轴承
			（3）用双杆拉出器拆卸滚动轴承

续表

序号	项目	图 示	说 明
1	圆柱孔滚动轴承的拆卸		（4）用三杆拉出器拆卸滚动轴承
			（5）用拉杆拆卸滚动轴承
2	圆锥孔滚动轴承的拆卸		（1）装退卸套上的滚动轴承的拆卸。 ① 松开锁紧螺母。 ② 用退卸螺母将退卸套从滚动轴承套圈中拆出
			（2）带定位套的滚动轴承的拆卸。 ① 松开锁紧螺母。 ② 用软金属棒和手锤敲向锁紧螺母方向，将轴承敲出

二、滑动轴承的拆卸

1．任务引入

按要求拆卸滑动轴承。

2．任务实施

滑动轴承的拆卸步骤和方法如表 11-4 所示。

表 11-4　　　　　　　　　　　　滑动轴承的拆卸步骤和方法

序号	项目	图　示	说　明
1	整体式滑动轴承的拆卸		用直径大于衬套外径的套支在零件端面上，用拉力拉出衬套
			用一圆盘垫在衬套上，直接用压力或敲打将衬套拆卸出来
2	剖分式滑动轴承的拆卸	—	(1) 将轴承盖卸去。 (2) 卸掉定位销。 (3) 用铜棒轻轻敲击，将轴瓦敲出

　相关知识

一、滚动轴承的结构和类型

（一）滚动轴承的结构（见表 11-5）

表 11-5　　　　　　　　　　　　滚动轴承的结构

序号	结构	图　示	说　明
1	内圈		内圈装在轴颈上，并与轴一起转动
2	外圈	内圈 外圈 滚动体 保持架	外圈装在机座或零件的滚动轴承孔内。多数情况下外圈不转动，当内外圈之间相对旋转时，滚动体会沿着滚道滚动
3	滚动体		滚动体是滚动轴承的核心零件，可根据工作需要做成不同的形状。 　滚动轴承的内外圈和滚动体应具有较高的硬度和接触疲劳强度，并具有良好的耐磨性和冲击韧性。 　一般用特殊滚动轴承钢制造滚动体，常用材料有 GCr15、GCr15SiMn、GCr6 及 GCr9 等，经热处理后硬度可达 60～65HRC。滚动轴承的工作表面必须经过磨削抛光，以提高其接触强度

续表

序号	结构	图 示	说 明
4	保持架	—	保持架的作用是使滚动体均匀地分布在滚道上，并减少滚动体之间的碰撞和磨损。 保持架应具有良好的减摩性，多用低碳钢板通过冲压成形的方法制造，也可以采用有色金属或塑料等材料

（二）滚动轴承的类型（见表 11-6）

表 11-6　　　　　　　　　　　　滚动轴承的类型

序号	类型	图 示	说 明
1	调心球轴承		（1）滚动体为双列球，外圈滚道是以滚动轴承中心为中心的球面，故能自动调心。 （2）主要承受径向载荷，也可承受少量的轴向载荷。 （3）适用于多支点和弯曲刚度不足的轴及难以对中的轴的支承
2	调心滚子轴承		（1）滚动体为双列鼓形滚子，外圈滚道是以滚动轴承中心为中心的面，故能自动调心。 （2）主要承受径向载荷，也可承受少量的轴向载荷。 （3）适用于重载且需要调心的情况
3	圆锥滚子轴承		（1）内外圈可分离，游隙可调，拆装方便。 （2）能承受较大的径向载荷和轴向载荷。 （3）适用于刚性较大的轴的支承，一般成对使用，价格较高
4	推力球轴承	 单列51000(8000)	（1）轴圈、座圈和滚动体可分离，拆装方便。 （2）只能承受轴向载荷。 （3）适用于轴向力大，但转速不高的情况

续表

序号	类型	图 示	说 明
5	滚针轴承		(1) 与滚子轴承相比，其内径最小。 (2) 适用于径向尺寸受到限制的情况
6	深沟球轴承		(1) 主要承受径向载荷，也可承受一定的双向轴向载荷。 (2) 适用于转速较高、轴向载荷不大，且不宜用推力滚动轴承的情况
7	角接触轴承		(1) 能承受较大的径向载荷和轴向载荷，也能承受单向轴向载荷。 (2) α越大，承受轴向载荷的能力就越大。 (3) 一般成对使用，可分别装在两个支点或同一支承轴上
8	圆柱滚子轴承		(1) 滚动体为圆柱滚子，径向载荷能力约为相同径向深沟球滚动轴承的 1.5～3 倍，但不能承受轴向载荷，耐冲击。 (2) 内外圈可分离

（三）滚动轴承代号的意义

1. 滚动轴承代号的构成（见表 11-7）

表 11-7　　　　　　　　　　　滚动轴承代号的构成

前置代号	基本代号					后置代号						
	第5位	第4位	第3位	第2位	第1位							
		尺寸系列代号										
滚动轴承部件代号	类型代号	宽（高）度系列代号	直径系列代号	内径代号		内部结构代号	密封与防尘结构代号	保持架及材料代号	特殊滚动轴承材料代号	公差等级代号	游隙代号	多滚动轴承配置代号	其他代号

2．滚动轴承的类型代号（见表11-8）

表11-8　　　　　　　　　　滚动轴承的类型代号

滚动轴承类型	代号	原代号	滚动轴承类型	代号	原代号
双列角接触轴承	0	6	深沟球轴承	6	0
调心球轴承	1	1	角接触球轴承	7	6
调心滚子滚动轴承和推力调心轴承	2	3 或 9	推力圆柱滚子轴承	8	9
圆锥滚子轴承	3		圆柱滚子轴承	N	2
双列深沟球轴承	4	0	外球面球轴承	U	0
推力球轴承	5	8	四点接触球轴承	QJ	6

3．滚动轴承的尺寸系列代号（见表11-9）

表11-9　　　　　　　　　　滚动轴承的尺寸系列代号

直径系列代号	向心滚动轴承							推力滚动轴承			
	宽度系列代号							高度系列代号			
	窄 0	正常 1	宽 2	特宽 3	特宽 4	特宽 5	特宽 6	特低 7	低 9	正常 1	正常 2
	尺寸系列代号										
超特轻 7	−	17	−	37	−	−	−	−	−	−	−
超轻 8	08	18	28	38	48	58	68	−	−	−	−
超轻 9	09	19	29	39	49	59	69	−	−	−	−
特轻 0	00	10	20	30	40	50	60	70	90	10	−
特轻 1	01	11	21	31	41	51	61	71	91	11	−
轻 2	02	12	22	32	42	52	62	72	92	12	22
中 3	03	13	23	33	−	−	63	73	93	13	23
重 4	04	−	24	−	−	−	−	74	94	15	24
特重 5	−	−	−	−	−	−	−	−	95		

4．滚动轴承内径代号

内径代号由数字组成。若滚动轴承的内径为 20～480mm（22mm、28mm、32mm 除外），其内径代号用内径的毫米数除以 5 的商数表示；内径为 10mm、12mm、15mm、17mm 的滚动轴承内径代号分别为 00、01、02、03；内径为 22mm、28mm、32mm 和尺寸等于或大于 500mm 的滚动轴承，其内径代号直接用内径毫米数表示，但与尺寸系列代号间须用"/"分开；内径小于 10mm 的滚动轴承的内径代号可查阅 GB/T 272-93。

5. 滚动轴承前置、后置代号（见表 11-10）

表 11-10　　　　　　　　　　滚动轴承前置、后置代号

前　置　代　号			基本代号	后置代号（组）							
代号	含　　义	示　例		1	2	3	4	5	6	7	8
F	凸缘外圆的向心球轴承（适用于 $d \leqslant$ mm）	F618/4	内部结构	密封与防尘套圈类型	保持架及材料	滚动轴承材料	公差等级	游隙	配置	其他	
L	可分离滚动轴承的可分离内圈或外圈	LNU207									
R	不带可分离内圈或外圈的滚动轴承	RNU207									
WS	推力圆柱滚子轴承轴圈	WS81107									
GS	推力圆柱滚子轴承座圈	GS81107									
KOW	无轴圈推力轴承	KOW-51108									
KIW	无座圈推力轴承	KIW-51108									
K	滚子和保持架组件	K81107									

6. 滚动轴承的内部结构代号及含义（见表 11-11）

表 11-11　　　　　　　　　滚动轴承的内部结构代号及含义

代　　号	示　　例	含　　义
C	角接触球轴承 7207C	公称接触角 $\alpha=15°$
	调心滚子轴承 23122C	C 型
AC	角接触球轴承 7210AC	公称接触角 $\alpha=25°$
B	角接触球轴承 7208B	公称接触角 $\alpha=40°$
	圆锥滚子轴承 32310B	公称接触角加大
E	圆柱滚子轴承 NU207E	加强型

7. 滚动轴承的公差等级代号及含义（见表 11-12）

表 11-12　　　　　　　　　滚动轴承的公差等级代号及含义

代　　号	省略	/P6	/P6x	/P5	/P4	/P2
公差等级符合标准规定	0 级	6 级	6x 级	5 级	4 级	2 级
示　　例	6203	6203/P6	6203/P6x	6203/P5	6203/P4	6203/P2

8．滚动轴承游隙组别代号及含义（见表11-13）

表 11-13　　　　　　　　滚动轴承游隙组别代号及含义

代 号	/C1	/C2	—	/C3	/C4	/C5
游隙符合标准规定	1组	2组	0组	3组	4组	5组
示 例	NN3006/C1	6210/C2	6210	6210/C3	NN3006K/C4	NNU4920K/C5

9．滚动轴承配置代号及含义（见表11-14）

表 11-14　　　　　　　　滚动轴承配置安装代号及含义

代 号	含 义	示 例
/DB	成对背对背安装	7210/DB
/DF	成对面对面安装	32208/DF
/DT	成对串联安装	7210C/DT

10．滚动轴承代号举例

（1）61710/P6：6—深沟球滚动轴承；1—宽度系列为正常；7—直径系列为超特轻；10—内径为50mm；/P6—公差等级为6级。

（2）7208B：7—角接触球轴承；2—为02的缩写，表示宽度系列为窄系列，直径系列为轻；08—内径为40mm；B公称接触角为40°；公差等级未注，表示为0级。

二、滑动轴承的结构和类型（见表11-15）

表 11-15　　　　　　　　滑动轴承的结构和类型

序号	类型	图 示	说 明
1	向心滑动轴承		（1）整体式向心滑动轴承。 ① 它由轴承座、轴瓦（套）、润滑装置和密封装置等部分组成。轴承座用螺栓与机座连接，顶部装有润滑油杯，内孔中压入了带有油沟的轴套。 ② 多用于间歇工作且低速轻载的简单机械，如铰车、手动起重机械等
			（2）剖分式向心滑动轴承。 ① 轴瓦和轴承座均为剖分式结构，在轴承盖与轴承座的剖分面上有阶梯形定位止口。其轴瓦直接支承轴颈，因此轴承盖应适度压紧轴瓦，以使轴瓦不能在轴承孔中转动。轴承盖上制有螺纹孔，以便安装油杯或油管。 ② 广泛用于汽车、机车车辆等机电设备上，并且已经标准化

序号	类型	图　示	说　明
2	推力滑动轴承	*F* 润滑油	（1）立式推力滑动轴承：其轴线与安装面垂直
			（2）卧式推力滑动轴承：其轴线与安装面平行
3	可调间隙式滑动轴承	螺母　螺母　轴套　轴　销	（1）内锥式可调间隙式滑动轴承：其内套两端的螺母一松一紧时，轴套可移动，进而可调整间隙
		轴套　轴　螺母　螺母	（2）外锥式可调间隙式滑动轴承：其外表面开有纵向通槽，所以轴套具有弹性。当调节螺母使轴套轴向移动时，依靠轴套的弹性变形来调节轴承间隙
		前3后　前1后4　前2后　（a）（b）	（3）多瓦自动调位滑动轴承：有三瓦式和五瓦式两种

三、轴瓦的结构（见表11-16）

表 11-16　　　　　　　　　　　　　轴瓦的结构

序号	项目	图　示	说　明
1	整体式轴瓦	（图示）按轴肩处圆角倒棱 d(H9) D(s7) 30° C L (a)；（图示）按轴肩处圆角倒棱 d(H9) D(s7) 30° C L (b)	又称轴套,用在整体式滑动轴承中,有光滑轴套（见图（a））和带纵向油槽的轴套（见图（b））等
2	剖分式轴瓦	（图示）油槽 油孔 （a）；（图示）（b）	用在剖分式滑动轴承中,由上、下两个半瓦组成

项目练习

一、进行轴承装配时的注意事项。

(1) 要检查轴承是否与要求的一致。

(2) 要将打有标记的端面安装在可见的部位，以便识别。

(3) 要严格保持清洁，防止杂物进入轴承。

(4) 轴承装配在轴颈或壳体孔台肩处的圆弧半径，应小于轴承的圆弧半径。

二、轴承的装配练习（见表 11-1 和表 11-2）

三、轴承的拆卸练习（见表 11-3 和表 11-4）

 项目评价

序号	考核内容	考核要求	配分	评分标准	检测结果	得分
1	实训态度	(1) 不迟到，不早退。 (2) 实训态度应端正	10	(1) 迟到一次扣 1 分。 (2) 旷到一次扣 5 分。 (3) 实训态度不端正扣 5 分		
2	安全文明生产	(1) 正确执行安全技术操作规程。 (2) 工作场地应保持整洁。 (3) 工件、工具摆放应保持整齐	6	(1) 造成重大事故，按 0 分处理。 (2) 其余违规，每违反一项扣 2 分		
3	设备、工具、量具的使用	各种设备、工具、量具的使用应符合有关规定	4	(1) 造成重大事故，按 0 分处理。 (2) 其余违规，每违反一项扣 1 分		
4	操作方法和步骤	操作方法和步骤必须符合要求	30	每违反一项扣 1 至 5 分		
5	技术要求	符合图纸要求	50	每违反一项扣 50 分/总要求项目数		
6	工时	6 学时		每超时 5min 扣 2 分		
7	合　计					
8	学习收获					
9	能力提升					
10	存在问题					
11	教师点评					

实训项目十二　压缩机的装配

 项目描述

学 习 目 标	任 务 分 解	教 学 建 议	课 时 计 划
（1）掌握全封闭式制冷压缩机的拆卸步骤和方法	全封闭式制冷压缩机的拆卸	教师边讲解边演示，学生边学边做	6 学时
（2）掌握全封闭式制冷压缩机的装配步骤和方法	全封闭式制冷压缩机的装配	教师边讲解边演示，学生边学边做	6 学时

 项目实施

　　本实训项目的主要任务是掌握全封闭制冷压缩机的拆卸、装配步骤和方法，具体任务如下。

　　任务一　全封闭式制冷压缩机的拆卸

　　任务二　全封闭式制冷压缩机的装配

任务一　全封闭式制冷压缩机的拆卸

一、任务引入

拆卸全封闭式制冷压缩机。

二、任务实施

全封闭式制冷压缩机的拆卸步骤和方法如表 12-1 所示。

表 12-1　　　　　　　　全封闭制冷压缩机的拆卸步骤和方法

序号	步骤	图　　示	说　　明
1	破开压缩机的外壳	排气管　吸气管　工艺管　接线盒	（1）用割管器或剪刀截断充气管道，放掉制冷剂。 （2）用气焊除去压缩机上的吸、排气管。 （3）拆除固定压缩机的 4 枚螺栓，取出压缩机并使其倒置，让润滑油从低压吸气管流出，收集在一只瓶内，并记录下润滑油重量。 （4）用钢锯或车床沿压缩机焊口锯开或车开。但要注意在破壳前一定要做好记号，以便装配时对准原来的位置

续表

序号	步骤	图　示	说　明
2	拆卸各零部件	—	（1）用冲子将固定弹簧挂钩的 3 个压板用力冲开，再用大螺丝刀撬出 3 个弹簧挂钩。 （2）松开并拿下 S 管，使其弯向机壳一侧，然后取出内部的机芯整体。 （3）卸去气缸螺栓，取出缸体。 （4）拧下高低、压气室端盖螺钉后，取下高、低压阀片、阀板和阀垫。 （5）拆去固定电动机定子与端盖的 4 枚螺钉，将定子和转子分开。 （6）拆下曲轴

任务二　全封闭式制冷压缩机的装配

一、任务引入

装配全封闭式制冷压缩机。

二、任务实施

全封闭式制冷压缩机的装配步骤和方法如表 12-2 所示。

表 12-2　　　　　　　全封闭式制冷压缩机的装配步骤和方法

序号	步骤	图　示	说　明
1	安装曲轴	空心粗铁管　转子　机座　曲轴　台虎钳	（1）将曲轴涂上润滑油后，再从机壳孔内吸油嘴一端插入。 （2）将电动机的转子套入曲轴吸油嘴的一端（即曲轴末端）。 （3）在其上套一段空心粗铁管，然后放在台虎钳上慢慢地压入
2	安装阀板与阀片	螺钉　升程限位阀　垫片　弹簧片　排气阀座　排气阀片　阀板　定位销　进气阀座　吸气阀片	按图示配件顺序进行安装

续表

序号	步骤	图　示	说　明
3	安装活塞组	—	(1)将汽缸与端盖固定的4枚螺钉装上，但不固紧。 (2)将活塞组件插入气缸孔内，边拧螺钉边不断转动曲轴，看活塞转动是否灵活，直到气缸紧固
4	安装定子与机座	—	(1)在电动机定子和转子之间插入塞尺（厚度为0.2～0.25mm）。 (2)将电动机定子与机座进行固定。 (3)将4枚螺钉依次拧紧。 (4)边拧紧螺钉边转动曲轴，使定子和转子之间的间隙均匀、无碰撞、转动灵活
5	调试	—	安装完毕后，进行调试
6	封壳	—	试验合格后，对压缩机进行封壳、检漏、干燥处理

 相关知识

一、蒸汽压缩式制冷原理

蒸汽压缩式制冷系统是一种比较经济实用的制冷方式，广泛用在中小型制冷系统中。它主要由制冷压缩机、制冷剂、冷凝器、蒸发器、膨胀阀和毛细管等组成，其制冷原理见表12-3。

表 12-3　　　　　　　　　　　蒸汽压缩式制冷原理

序号	原理	图　示	说　明
1	蒸发过程	冷却水　冷凝器　膨胀阀　储液器　制冷机　蒸发器（冷却排管）　冷库 (a)	蒸发过程中，制冷剂在蒸发器中从被冷却的物体吸收热量并汽化为蒸汽，逐渐增加干度，但其压力和温度不变。这时被冷却物体的温度降低

续表

序号	原理	图　示	说　明
2	压缩过程	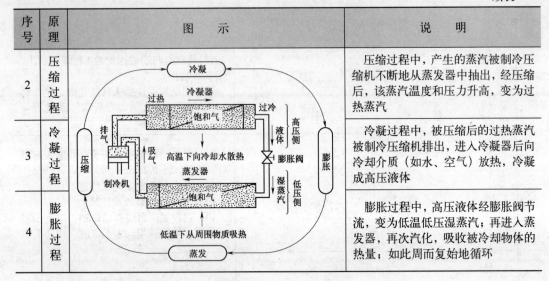	压缩过程中,产生的蒸汽被制冷压缩机不断地从蒸发器中抽出,经压缩后,该蒸汽温度和压力升高,变为过热蒸汽
3	冷凝过程		冷凝过程中,被压缩后的过热蒸汽被制冷压缩机排出,进入冷凝器后向冷却介质(如水、空气)放热,冷凝成高压液体
4	膨胀过程		膨胀过程中,高压液体经膨胀阀节流,变为低温低压湿蒸汽;再进入蒸发器,再次汽化,吸收被冷却物体的热量;如此周而复始地循环

二、活塞式制冷压缩机的工作原理（见表12-4）

表 12-4　　　　　　　　　活塞式制冷压缩机的工作原理

序号	原理	图　示	说　明
1	吸汽过程		活塞向下止点移动,汽缸内的蒸汽压力开始低于吸汽腔的压力,进汽阀片被顶开,开始吸汽,直至活塞运动到下止点为止
2	压缩过程		活塞从下止点向上止点移动,汽缸内的蒸汽压力逐渐增大,进、排汽阀关闭,压缩缸内的蒸汽
3	排汽过程		活塞继续向上止点移动,被压缩蒸汽压力高于排汽腔压力时,排汽阀被顶开,直至活塞到达上止点

续表

序号	原理	图　示	说　明
4	膨胀过程		活塞从上止点向下止点移动,汽缸的容积逐渐增大,残留的蒸汽开始膨胀。当蒸汽压力降低到等于吸汽腔压力时,膨胀过程结束,进、排汽阀都处于关闭状态

三、全封闭式制冷压缩机的类型

制冷压缩机有活塞式、旋转式、离心式等几种型式,在我国,中、小型制冷设备如电冰箱、空调、冷柜等,绝大部分采用全封闭式制冷压缩机。全封闭式制冷压缩机的类型见表 12-5。

表 12-5　　　　　　　　　　全封闭式制冷压缩机的类型

序号	类型	图示及说明
1	连杆式制冷压缩机	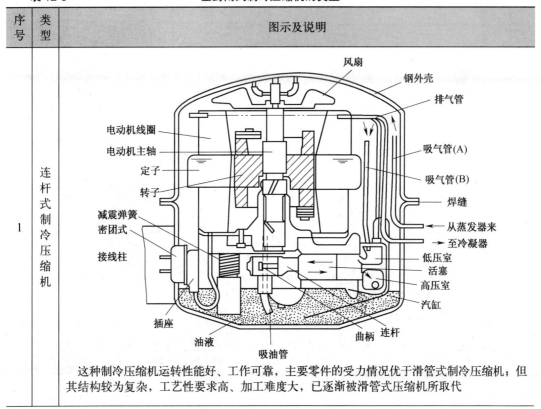 这种制冷压缩机运转性能好、工作可靠,主要零件的受力情况优于滑管式制冷压缩机;但其结构较为复杂,工艺性要求高、加工难度大,已逐渐被滑管式压缩机所取代

续表

序号	类型	图示及说明
2	滑管式制冷压缩机	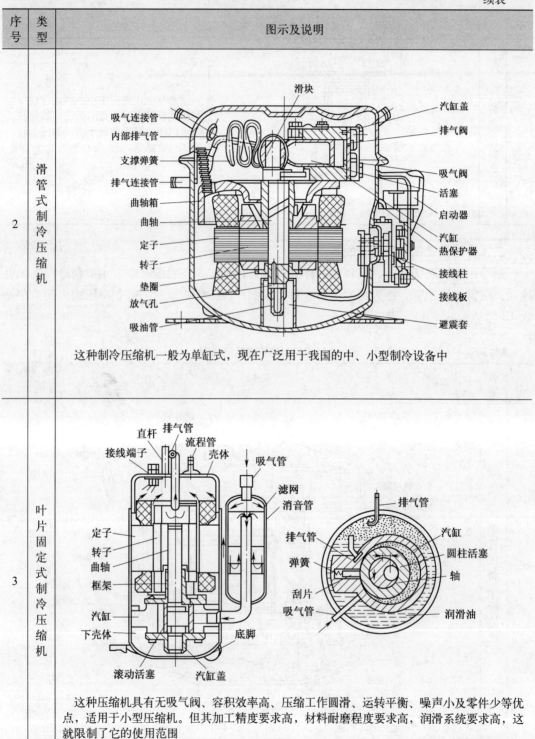 这种制冷压缩机一般为单缸式,现在广泛用于我国的中、小型制冷设备中
3	叶片固定式制冷压缩机	这种压缩机具有无吸气阀、容积效率高、压缩工作圆滑、运转平衡、噪声小及零件少等优点,适用于小型压缩机。但其加工精度要求高,材料耐磨程度要求高,润滑系统要求高,这就限制了它的使用范围

续表

序号	类型	图示及说明
4	涡旋旋转压缩式制冷压缩机	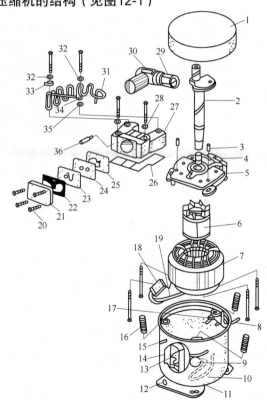进气口　排气口 固定涡旋盘 活动涡旋盘 壳体 背压腔 十字连接环 偏心轴 这种压缩机具有零件少、体积小、重量轻、效率高及噪声小等优点。近年来,制冷量为8000～14400W的柜式空调已广泛采用这种压缩机

四、全封闭制冷压缩机的结构（见图12-1）

图 12-1　滑管式全封闭制冷压缩机的结构图

1—封闭壳上盖；2—曲轴；3—气缸定位销；4—吸油嘴；5—机座；6—转子；7—定子；8—排气管；9—止挡圈；10—油冷却管；11—封闭壳下盖；12—机座；13—引柱；14—保护罩；15—回气管；16—吊簧 17—吊簧架；18—电动机插头；19—电动机引线；20—螺钉；21—汽缸盖；22—汽缸盖垫；23—排气阀片；24—阀板；25—吸气阀片；26—气缸体垫；27—气缸体；28—垫圈；29—滑块；30—活塞组件；31—避震管（S管）；32—垫圈；33—垫片；34—排气管座；35—石棉纸垫圈；36—排气管

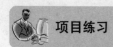 项目练习

一、装配全封闭式制冷压缩机的注意事项

（1）要检查各零件是否正确。

（2）要严格保持清洁，防止杂物进入。

二、全封闭式制冷压缩机的拆卸练习（见表12-1）

三、全封闭式制冷压缩机的装配练习（见表12-2）

项目评价

序号	考核内容	考核要求	配分	评分标准	检测结果	得分
1	实训态度	（1）不迟到，不早退。 （2）实训态度应端正	10	（1）迟到一次扣1分。 （2）旷到一次扣5分。 （3）实训态度不端正扣5分		
2	安全文明生产	（1）正确执行安全技术操作规程。 （2）工作场地应保持整洁。 （3）工件、工具摆放应保持整齐	6	（1）造成重大事故，按0分处理。 （2）其余违规，每违反一项扣2分		
3	设备、工具、量具的使用	各种设备、工具、量具的使用应符合有关规定	4	（1）造成重大事故，按0分处理。 （2）其余违规，每违反一项扣1分		
4	操作方法和步骤	操作方法和步骤必须符合要求	30	每违反一项扣1~5分		
5	技术要求	符合图纸要求	50	每违反一项扣50分/总要求项目数		
6	工时	12学时		每超时5min扣2分		
7	合　计					
8	学习收获					
9	能力提升					
10	存在问题					
11	教师点评					

实训项目十三　车床主轴箱的装配

 项目描述

学 习 目 标	任 务 分 解	教 学 建 议	课 时 计 划
（1）掌握卧式车床主轴箱的拆卸步骤和方法	C6140 型卧式车床主轴箱的拆卸	教师边讲解边演示，学生边学边做	6 学时
（2）掌握卧式车床主轴箱的装配步骤和方法	C6140 型卧式车床主轴箱的装配	教师边讲解边演示，学生边学边做	6 学时

 项目实施

本实训项目的主要任务是掌握 C6140 型卧式车床主轴箱的拆卸、装配的步骤和方法，具体任务如下。

任务一　C6140 型卧式车床主轴箱的拆卸

任务二　C6140 型卧式车床主轴箱的装配

任务一　C6140 型卧式车床主轴箱的拆卸

一、任务引入

拆卸 C6140 型卧式车床主轴箱。

二、任务实施

图 13-1 所示为 C6140 型卧式车床主轴箱各轴的实际位置，图 13-2 所示为 C6140 型卧式车床主轴箱的展开图。

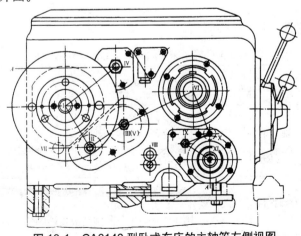

图 13-1　CA6140 型卧式车床的主轴箱左侧视图

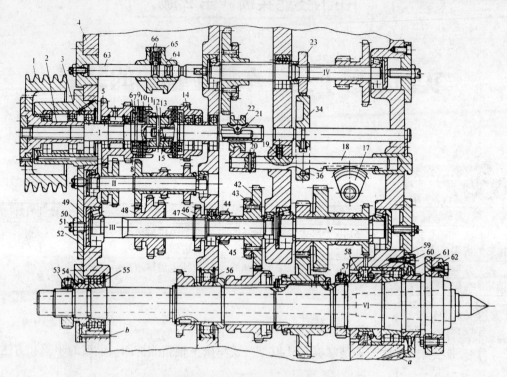

图 13-2　CA6140 型卧式车床主轴箱展开图

1—带轮　2—花键套　3—法兰套　4—箱体　5—双联齿轮　6、7—止推环　8、12—销子　9—内摩擦片　10—外摩擦片　11、60—调整螺圈　13、22—滑套　14—单联齿轮　15、39—拉杆　16—弹簧定位销　17—扇形齿板　18—齿条轴　19—弹簧钢球　20、64—拨叉　21—元宝形摆块　23—制动轮　24、25、51—螺钉　26—连接块　27、57、62、65—螺母　29—挡圈　30、45—垫圈　31—箱盖　32—调节螺栓　33—弹簧　34—制动杠杆　35—制动带　36—钢球　37—手把　38—偏心凸轮　40—偏心块　41—垂直轴　42、43、44、46—齿轮　47—弹簧卡圈　48—三联滑移齿轮　49—压盖　50、53—锁紧螺母　52—轴承盖　54、59—隔套　55—后轴承　56—中间轴承　58—双列角接球轴承　61—前轴承　63—导向轴　66—调节螺钉

　　根据从外向内、从上向下的拆卸原则，C6140 型卧式车床主轴箱在拆卸时，可先卸掉主轴箱上的盖板、润滑油管、拨叉及其他附件后，再按Ⅳ轴、Ⅵ轴、Ⅰ轴、Ⅲ轴、Ⅴ轴、Ⅱ轴的顺序依次拆卸。

　　其拆卸步骤和方法如表 13-1 所示。

表 13-1　　　　　　　　　　　　C6140 型卧式车床主轴箱的拆卸步骤和方法

序号	步　骤	说　明
1	拆卸Ⅳ轴和Ⅳ轴上的零件	（1）拆下Ⅳ轴右端盖。 （2）拆下齿轮 23 两边的卡圈。 （3）用木锤敲击Ⅳ轴左端，直到Ⅳ轴全部卸出。 （4）在敲击Ⅳ轴的过程中，逐步取下Ⅳ轴上的各零件
2	拆卸Ⅵ轴和Ⅵ轴上的零件	（1）松开锁紧螺母 53 和锁紧螺母 57 上的锁紧螺钉。 （2）松开锁紧螺母 53 和 57。 （3）将中间内齿轮离合器移到最左端的位置，并使内齿轮离合器右端缺口向上。

序号	步　骤	说　明
2	拆卸Ⅵ轴和Ⅵ轴上的零件	(4) 回转主轴使弹性挡圈的环孔处于缺口中间。 (5) 用挡圈装卸钳拆掉各弹性挡圈，并移出轴上槽的位置。 (6) 拆掉右端螺钉，使主轴右端盖松开。 (7) 用木锤敲击主轴的左端，边敲击边松开两个圆螺母，直到主轴全部卸出。 (8) 在敲击主轴左端的过程中，逐步取下主轴上的各个零件
3	拆卸Ⅰ轴和Ⅰ轴上的零件	(1) 拆定位销：用拔销器将拨叉与齿条轴相连接的定位销拔出。 (2) 拆Ⅰ轴：拆下法兰套 3 上的连接螺钉，便可将Ⅰ轴连同轴承套一起从主轴箱左孔中退出。 (3) 拆元宝形摆块 21。 ① 拆滑套 22。 ② 轻轻敲出固定销。 ③ 拆下元宝形摆块 21。 (4) 拆右端的轴承。 ① 用挡圈装卸钳从轴上拆下弹性挡圈。 ② 拆下右端的轴承。 (5) 拆齿轮 14：用铜棒向右端敲齿轮 14。 (6) 拆拉杆 15。 ① 拆下右端的挡片和内外摩擦片。 ② 用铜棒向右端敲出固定销子 12。 ③ 拆下拉杆 15 和滑套 13。 (7) 拆齿轮 5。 ① 拆下左端的内外摩擦片和挡片。 ② 从左端拆下双联齿轮 5
4	拆卸Ⅲ轴和Ⅲ轴上的零件	(1) 拆出Ⅲ轴。 ① 拆下Ⅲ轴的左端盖。 ② 用木锤敲击Ⅲ轴，直到Ⅲ轴全部卸出。 (2) 拆下Ⅲ轴的各零件：在敲击Ⅲ轴的过程中，逐步取下Ⅲ轴上的各零件
5	拆卸Ⅴ轴和Ⅴ轴上的零件	(1) 拆出Ⅴ轴。 ① 拆下Ⅴ轴的右端盖。 ② 拆下齿轮两边的卡圈。 ③ 用木锤敲击Ⅴ轴，直到Ⅴ轴全部卸出。 (2) 拆下Ⅴ轴的各零件：在敲击Ⅴ轴的过程中，逐步取下Ⅴ轴上的各零件
6	拆卸Ⅱ轴和Ⅱ轴上的零件	(1) 拆出Ⅱ轴。 ① 拆下Ⅱ轴的左端盖。 ② 拆下右端齿轮两边的卡圈。 ③ 用木锤敲击Ⅱ轴的右端，直到Ⅱ轴全部卸出。 (2) 拆下齿轮：在敲击Ⅱ轴右端的过程中，逐步取下Ⅱ轴上的齿轮、挡圈及轴承

任务二　C6140 型卧式车床主轴箱的装配

一、任务引入

装配 C6140 型卧式车床主轴箱。

二、任务实施

C6140型卧式车床主轴箱的装配步骤与C6140型卧式车床主轴箱的拆卸步骤和方法正好相反，先按Ⅱ轴、Ⅴ轴、Ⅲ轴、Ⅰ轴、Ⅵ轴、Ⅳ轴从下向上的顺序将各轴装配好，再装配润滑油管、拔叉及其他附件，最后装配主轴箱的盖板。

 项目练习

一、装拆车床主轴箱的注意事项

（1）对不易拆卸或拆卸后会降低连接质量的部分连接件，应尽量避免拆卸。

（2）锤击零件时，必须垫软衬垫。

（3）拆卸装配时用力要适当。

（4）拆下的零件应尽可能做好记号，按组、部件分类放置，避免出错。

（5）装配时应参照与拆卸操作相反的顺序和方向进行。

二、C6140型卧式车床主轴箱的拆卸和装配练习（见表13-1）

 项目评价

序号	考核内容	考核要求	配分	评分标准	检测结果	得分
1	实训态度	（1）不迟到，不早退。 （2）实训态度应端正	10	（1）迟到一次扣1分。 （2）旷到一次扣5分。 （3）实训态度不端正扣5分		
2	安全文明生产	（1）正确执行安全技术操作规程。 （2）工作场地应保持整洁。 （3）工件、工具摆放应保持整齐	6	（1）造成重大事故，按0分处理。 （2）其余违规，每违反一项扣2分		
3	设备、工具、量具的使用	各种设备、工具、量具的使用应符合有关规定	4	（1）造成重大事故，按0分处理。 （2）其余违规，每违反一项扣1分		
4	操作方法和步骤	操作方法和步骤必须符合要求	30	每违反一项扣1～5分		
5	技术要求	符合图纸要求	50	每违反一项扣50分/总要求项目数		
6	工时	12学时		每超时5min扣2分		
7	合　计					
8	学习收获					
9	能力提升					
10	存在问题					
11	教师点评					

书　名	书　号	定　价
单片机应用系统设计与制作	978-7-115-21614-4	19.00 元
PLC 控制系统设计与调试	978-7-115-21730-1	29.00 元
微控制器及其应用	978-7-115-22505-4	31.00 元
电子电路分析与实践	978-7-115-22570-2	22.00 元
电子电路分析与实践指导	978-7-115-22662-4	16.00 元
高等职业教育课改系列规划教材（动漫数字艺术类）		
游戏动画设计与制作	978-7-115-20778-4	38.00 元
游戏角色设计与制作	978-7-115-21982-4	46.00 元
游戏场景设计与制作	978-7-115-21887-2	39.00 元
高等职业教育课改系列规划教材（通信类）		
交换机（华为）安装、调试与维护	978-7-115-22223-7	38.00 元
交换机（华为）安装、调试与维护实践指导	978-7-115-22161-2	14.00 元
交换机（中兴）安装、调试与维护	978-7-115-22131-5	44.00 元
交换机（中兴）安装、调试与维护实践指导	978-7-115-22172-8	14.00 元
综合布线实训教程	978-7-115-22440-8	33.00 元
高等职业教育课改系列规划教材（机电类）		
钳工技能实训（第 2 版）	978-7-115-22700-3	18.00 元

　　如果您对"世纪英才"系列教材有什么好的意见和建议，可以在"世纪英才图书网"（http://www.ycbook.com.cn）上"资源下载"栏目中下载"读者信息反馈表"，发邮件至wuhan@ptpress.com.cn。谢谢您对"世纪英才"品牌职业教育教材的关注与支持！

高等职业教育课改系列规划教材目录

书 名	书 号	定 价
高等职业教育课改系列规划教材（公共课类）		
大学生心理健康案例教程	978-7-115-20721-0	25.00 元
高等职业教育课改系列规划教材（经管类）		
电子商务基础与应用	978-7-115-20898-9	35.00 元
网页设计与制作	978-7-115-21122-4	26.00 元
物流管理案例引导教程	978-7-115-20039-6	32.00 元
基础会计	978-7-115-20035-8	23.00 元
基础会计技能实训	978-7-115-20036-5	20.00 元
会计实务	978-7-115-21721-9	33.00 元
人力资源管理案例引导教程	978-7-115-20040-2	28.00 元
市场营销实践教程	978-7-115-20033-4	29.00 元
市场营销与策划	978-7-115-22174-9	31.00 元
商务谈判技巧	978-7-115-22333-3	23.00 元
现代推销实务	978-7-115-22406-4	23.00 元
公共关系实务	978-7-115-22312-8	20.00 元
高等职业教育课改系列规划教材（计算机类）		
网络应用工程师实训教程	978-7-115-20034-1	32.00 元
计算机应用基础	978-7-115-20037-2	26.00 元
计算机应用基础上机指导与习题集	978-7-115-20038-9	16.00 元
C 语言程序设计项目教程	978-7-115-22386-9	29.00 元
C 语言程序设计上机指导与习题集	978-7-115-22385-2	19.00 元
高等职业教育课改系列规划教材（电子信息类）		
电子电路分析与调试	978-7-115-22412-5	32.00 元
电子电路分析与调试实践指导	978-7-115-22524-5	19.00 元
电子技术基本技能	978-7-115-20031-0	28.00 元
电子线路板设计与制作	978-7-115-21763-9	22.00 元